쇼펜하우어

지금, 이 순간을 즐겨라

쇼펜하우어

지금, 이 순간을 즐겨라

초판 1쇄 발행 | 2022년 4월 25일
　　6쇄 발행 | 2024년 6월 25일

지은이 | 쇼펜하우어
편역 | 박재인
펴낸이 | 김형호
펴낸곳 | 아름다운날
책임편집 | 조종순
북디자인 | 디자인표현

주소 | (05220) 서울시 강동구 아리수로 72길 66-19
전화 | 02) 3142-8420
팩스 | 02) 3143-4154
출판 등록 | 1999년 11월 22일
E-메일 | arumbooks@gmail.com

ISBN　979-11-6709-011-9 (03850)

쇼펜하우어

지금,
이 순간을
즐겨라

박재인 편역

Arthur Schopenhauer

아름다운날

영혼에 옮겨 쓰고 싶은 인생의 지혜

1788년에 태어난 철학자, 쇼펜하우어의 말들이 지금 이 순간에도 시대 차이를 느낄 수 없을 만큼 생생하게 들리는 건 왜일까? 그 시대에 그런 생각을 했다고는 쉽게 믿어지지 않을 정도로 과연 시간을 초월한 언어들이기 때문이다. 수세기가 넘도록 그의 철학이 열렬한 지지를 받는 데에는 이처럼 그만한 이유가 있다.

그러나 쇼펜하우어도 처음부터 인정받고 이해받았던 것은 아니다. 첫 저서인 《의지와 표상으로서의 세계》가 팔리지 않고 외면받자, 훗날 그것에 덧붙인 부록이라고 할 수 있는 《여록과 추가》를 새로 냈는데, 쉽고 뛰어난 문장으로 씌어져 대대적인 호평을 받았다. 여기 소개된 명언들은 그 책에 실려 있는 핵심 내용들을 읽기 쉽게 정리한 것들이다.

흔히 어렵고 우울하다고 알려져 있는 쇼펜하우어 철학은 이 책에서 보는 것처럼 오히려 유쾌하고 명료하기만 하다.

타인과 세상에 대해 비판이 많은 사람들을 보고 보통 부정적이라거나 냉소적이라는 말을 하지만, 쇼펜하우어에 의하면 그런 사람들일수록 자신을 고치려는 노력을 한다고 한다. 사실 쇼펜하우어 자신이 그랬다는 것인데, 그는 모든 것에 대해 심한 의심과 논쟁을 일삼았다고 알려져 있다. 하지만 실제로는 미술과 음악, 여행, 식도락 등 많은 분야에 열정적인 관심을 가지고 유쾌한 삶을 추구하려는 인생을 살았다. 그래서인지 당대의 다른 철학자들이 애매모호한 표현을 즐겨 사용했던 반면에 쇼펜하우어는 실제적인 내용을 명확하고 쉽게 표현했음을 알 수 있다. 그의 철학은 또한 세계와 인생에 대한 독창적인 해석을 한 것으로 알려져 있다.

철학은 권력이 될 수 있다고 쇼펜하우어는 말했다. 모든 지식을 응용하고 통합해서 통찰에 이를 수 있게 하는 것이 바로 철학이기 때문이다. 거기엔 물론 경험과 지혜가 더해져야 한다. 어릴 적에 유럽 곳곳을 여행한 경험은 쇼펜하우의 평생에 큰 영향을 끼쳤다. 그리고 고전문학과 의학뿐 아니라 물리학과 화학, 식물학 등 여러 분야를 공부함으로써 폭넓은 철학사상을 세우는 데 활용할 수 있었다.

이는 오늘날 우리의 교육 환경을 돌아보게 한다. 그리고 편견에 치우친 독서태도를 다시금 아쉬워하게 만든다. 쇼펜하우어는 그 시대에 이미 코스모폴리탄이라고 자처했는데, 그건 분명 의식의 한계와 깨달음의 경계를 넘어서려는 의도 또한 아니었을까 싶다.

행복을 무엇이라고 생각하는가? 망설임 없이 대답할 수 있는 사람은 드물 것이다. 머물지 않는 순간에 불과하고, 여러 가지 조건을 필요로 한다고 생각하기 때문이다. 그런데 잠깐, 이런 말은 어떤가? "행복은 멀리 있지 않다." 가장 가까운 곳에 있다는 얘기다. 바로 자신의 내면, 그곳에서 행복을 찾으려 한다면 반드시 얻게 될 것이라고 쇼펜하우어는 말하고 있다.

어떤 철학자보다도 더 삶에 밀접한 인생의 지혜들을 명쾌하게 권고하고 있는 쇼펜하우어의 명언들을 이 책에서 다시금, 또는 새롭게 읽어 본다면 큰 용기와 열정을 얻게 될 것 같다.

2015년 9월 박재인

차례

7_ 지혜에 대하여 · 113

8_ 창의성을 키워라 · 191

9_ 나이와 인생의 깊이 · 223

*10_* 욕망과 투쟁 · 255

1

내면에 지니고 있는 것

고상한 운명의 소유자는
자신의 운명을 한탄하지 않는다

고상한 성격을 가진 사람은 자신의 운명을 쉽게 한탄하지 않는다. 그런 사람은 자신의 본질을 타인에게서도 인식하고 그들의 운명에 관심을 보이며, 자신의 운명보다 더 가혹한 운명이 주위에 있다는 것을 알고 있다. 그러므로 자신의 불우한 처지를 한탄하지 않는다. 반면에 모든 현실을 자신에게만 한정하고 다른 사람들을 단지 허깨비로 간주하는 이기주의자는 타인의 운명에 아무런 관심을 기울이지 않고 오로지 자신의 운명에만 관심을 집중해, 이해타산에 매우 예민하고 걸핏하면 비탄에 빠지게 된다.

삶의 무게중심이 어디에 있는가?

평범한 사람은 인생을 향유한다고 할 때 사물이나 자신의 소유물, 지위, 애인과 자식, 친구나 사교계 등에 의존한다. 그들은 인생의 행복을 바로 그러한 것들에서 느끼는 것이다. 때문에 그런 것들을 잃어버리거나 거기서 환멸을 느끼면 인생의 행복도 끝나고 만다. 그건 바로 삶의 무게중심이 자신의 바깥에 있기 때문이다. 그런 사람들은 수시로 소망이 달라진다거나 기분이 자주 변덕스러워지곤 한다.

내면의 공허는 무료함의 근원이다

내면의 공허가 생기는 이유는 밖에서 일어나는 모든 하찮은 일에까지 늘 신경을 기울이기 때문이다. 내면의 공허는 바로 무료함의 근원이다. 그렇기 때문에 기분을 움직여 주는 외적인 어떤 자극을 늘 갈망하게 되는 것이다. 온갖 종류의 친교와 놀이, 여가와 사치를 병적으로 추구하는 까닭은 바로 내면의 공허함 때문이다. 이런 잘못된 길로 빠지지 않도록 확실히 지켜 주는 것은 내면의 풍요, 즉 정신의 풍요로움이다. 정신이 풍요로워질수록 내면에 공허가 들어찰 공간이 줄어들기 때문이다.

자신 속에서 많이 발견할수록 더 행복하다

가장 바람직한 것은 각자가 자기 자신을 위해 존재할 수 있어야 한다는 것이다. 즉 향유의 원천을 자기 자신 속에서 더 많이 발견할수록 더 행복해진다고 할 수 있다. 친구나 친척도 결국은 모두 우리 곁을 떠나게 된다. 그러면 자신이 원래 지니고 있는 것이 지금까지보다 더 중요해진다. 이 사실은 가장 오랫동안 옳은 것으로 입증되어 왔다. 자신이 원래 지니고 있는 것, 그것이야말로 행복의 진정한 원천이자 유일하게 영속적인 원천인 것이다. 세계 어디서도 그만한 것을 얻을 수는 없다.

내적 빈곤이 외적 빈곤을 초래한다

사람은 궁핍과의 싸움을 이겨낸 후에도 아직 궁핍에 시달리는 사람들과 마찬가지로 불행함을 느낀다. 그건 바로 내면의 공허와 의식의 빈약, 정신의 빈곤 때문이며, 그럴수록 자신과 같은 부류의 사람들과 어울리려고 한다. 유유상종인 것이다. 무엇이든 외적인 자극을 통해 내적인 부를 획득하려고 노력하지만, 그래봐야 소용없다. 이것은 소녀가 발산하는 정기로 젊음을 되찾으려고 하는 노인의 경우와 유사하다. 내적인 빈곤이 결국 외적인 빈곤을 초래하는 것이다.

개성은 언제나 인간을 따라다니는 것

개성은 언제 어디서나 인간을 따라다니며, 그가 체험하는 모든 것은 개성에 의해 달라진다. 인간은 모든 일에 있어서 자기 자신을 맨 먼저 즐기는 것이다. 따라서 개성의 성향이 약하면 입속의 맛 좋은 포도주도 마치 쓸개즙을 머금은 것처럼 쓰기만 하고, 어떠한 향유도 즐길 수 없게 된다. 좋은 일이든 나쁜 일이든 중대한 경우를 제외하면, 인간의 삶에서 일어나고 닥치는 일 자체보다는 그 일을 어떻게 느끼는가 하는 감수성과 그 강도가 문제가 되는 것이다.

운명은 변해도 근본은 변하지 않는다

운명은 변할 수 있어도 사람의 근본은 결코 변하지 않는다. 그러므로 고상한 성격과 뛰어난 두뇌, 낙천적 기질과 명랑한 마음, 건강한 신체와 같은 내적인 자산이 행복을 위해서 가장 중요한 것들이다.

가장 중요한 것

인간 자신을 이루고 있는 것, 언제나 그를 따라다니는 것, 아무도 그에게 주거나 빼앗을 수 없는 것, 그것이야말로 그가 소유할 수 있는 모든 것보다 중요하다. 또한 그것이야말로 남의 시선에 비친 자신의 모습보다 훨씬 더 중요하다.

인격의 가치가 행복을 결정한다

인간의 내면적 성향과 인간이 원래 지니고 있는 것, 즉 인격의 가치가 행복에 가장 직접 관련되는 요인이다. 다른 모든 점들은 간접적인 것들이다. 따라서 다른 모든 것의 작용은 무효로 돌릴 수 있지만 인격의 작용은 결코 그럴 수 없다.

불필요한 것이 왜 이리 많을까

재기 있는 사람은 혼자 있을 때도 자신의 사고와 상상력으로 커다란 즐거움을 얻을 수 있지만, 둔감한 사람은 사교나 연극, 여행이나 오락을 계속 즐기면서도 지루함을 견디지 못해 고통스러워한다. 선하고 온후하며 부드러운 인격을 지닌 사람은 궁핍한 상황에서도 만족할 줄 알지만, 탐욕스럽고 시기심이 많으며 사악한 성격을 지닌 사람은 아무리 소유해도 만족할 줄 모른다. 비범하고 정신적으로 탁월한 인격을 한결같이 지니고 있는 사람에게는 보통 사람들이 추구하는 향락의 대부분이 불필요하고 거추장스러우며 성가신 것일 뿐이다.

인격은 운명에 종속되지 않는다

행복해지기 위해서는 인격이 무엇보다 가장 중요하다. 인격은 어떤 상황에서도 한결같이 효력을 발생하기 때문이다. 또한 인격은 운명에 종속되지 않으므로 우리에게서 빼앗아 갈 수 없다. 그러므로 인격의 가치는 절대적이다.

육체적 장점이든 정신적 장점이든 시간의 힘 앞에서는 점차 굴복하고 만다. 그런데 도덕적 성격만은 시간도 꺾을 수 없다. 내면적인 것은 우리 인간의 힘으로는 어찌해 볼 수 없는 신의 권한에 속하는 것이므로 한평생 변하지 않는다.

우리 내부에 있는 행복의 원인이
사물에서 오는 행복의 원인보다 크다

각자 살아가는 세계는 무엇보다 자신의 세계관에 의해
좌우되므로 생각의 차이에 따라 크게 다르다. 이러한 차이에
따라, 세계는 빈약하고 진부하거나 하찮은 것이 되기도 하고,
또는 풍요롭고 재미있거나 의미심장한 것이 되기도 한다.

내면이 풍요로운 사람은
운명에 많은 요구를 하지 않는다

가장 고상하고 폭넓게 오랫동안 누릴 수 있는 향유는 정신적 향유이다. 그런데 정신적 향유 능력은 타고난 정신력에 의해 좌우된다. 따라서 행복은 우리의 내면을 이루고 있는 것, 즉 우리의 인격에 따라 얼마나 달라지는지가 분명해진다. 사람들은 대체로 운명이라든지 우리가 소유하고 있는 것, 또는 우리가 남에게 드러내 보이는 것만으로 행복을 가늠한다. 하지만 운명은 나아질 수 있다. 내면이 풍요로운 사람은 운명에 많은 요구를 하지 않을 것이다. 바보는 끝까지 바보로 있고, 멍청이는 끝까지 멍청이로 있다.

누구나 고통에 시달리는 가련한 배우처럼

내면을 들여다보면 누구나 똑같이 고통에 시달리는 가련한 배우처럼 살고 있다. 지위와 부의 차이에 따라 각자 자신의 역할을 수행하지만, 내적인 행복과 기쁨마저 그런 역할과 꼭 일치하는 것은 아니다. 한풀 벗겨 보면 고통에 시달리는 똑같은 가련한 멍청이에 지나지 않는다. 사람에 따라 고통의 내용은 다를지라도 본질적으로는 모두에게 대체로 비슷하다. 물론 정도의 차이는 있지만, 그렇다고 해서 신분과 부, 지위에 따라 큰 차이가 있는 것은 결코 아니다.

모든 일은 두 가지 절반으로 이루어져 있다

모든 일은 현실, 즉 주관과 객관이라는 두 가지 절반으로
이루어져 있다. 객관적 측면이 아무리 멋지고 훌륭해도 주관적
측면이 아둔하면 열악한 현실이 되고 만다. 아무리 경치가 좋
은 곳도 날씨가 나쁘거나 형편없는 카메라로 찍으면 아름답게
보이지 않는 것과 마찬가지다.

각자 자신의 신념 속에서 살아가는 것이지
타인의 관점에 따라 살아가서는 안된다는 것을 깨달아야 한다.

2

행복과
명랑함

자신의 재능을 자각하는 사람이 행복하다

어떤 작품이 매일 조금씩 자신의 손으로 만들어져 마침
내 완성되는 것을 볼 때 인간은 행복감을 느낀다. 예술품이나
저작물을 통해 그런 느낌을 갖게 된다. 단순한 수공예품도 마
찬가지다. 물론 좀 더 우수한 종류의 작품일수록 행복감도 더
욱 고조될 수 있다. 이러한 점을 볼 때 훌륭하고 중요한 작품을
만들어낼 수 있는 재능 있는 사람이 가장 행복하다고 할 수 있
다. 그런 능력을 자각할 때 더욱 고귀한 관심이 삶 전체에 퍼져,
다른 사람에게서는 볼 수 없는 매력을 더해 주기 때문이다.

인생은 고통을 이겨 내기 위한 것

'행복하게 산다'는 말은 '덜 불행하게' 즉 그럭저럭 견디며 산다는 의미일 뿐이라고 말해야 한다. 물론 인생이란 향락을 일삼기 위해서가 아니라 고통을 이겨 내고 극복하기 위한 것이다. 노년엔 삶의 노고에서 벗어났다는 사실이 위안이 된다. 이런 의미에서 본다면 가장 행복한 운명을 타고난 사람은 정신적으로뿐만 아니라 육체적으로도 큰 고통을 겪지 않고 살아온 사람이라고 말할 수 있다. 대단히 큰 기쁨이나 엄청난 쾌락을 맛본 사람이 아닌 것이다.

넓게 세운 행복은 무너지기 쉽다

어떤 사람이 얼마나 행복한지를 알아보려면 그가 어떤 일에서 즐거움을 느끼는지가 아니라 어떤 일에 슬퍼하는지를 물어보면 된다. 사소한 일에 대해 슬퍼할수록 더 행복한 것이라고 말할 수 있다. 큰 문제없이 잘 지낼 때 사소한 일에 민감하게 반응할 것이기 때문이다. 다시 말해 불행이 닥치면 사소한 일들을 전혀 느끼지 못한다는 것이다. 그러므로 우리는 삶에 많은 요구를 하면서 행복을 너무 넓은 범위에서 기대하지 않는 것이 좋다. 넓은 토대 위에 세우는 행복은 자칫하면 무너지기 쉽고 재난이 일어날 기회도 많기 때문이다. 건물은 토대가 넓을수록 견고하지만, 행복이라는 건물은 반대인 것이다. 따라서 가능한 기대 수준을 낮추는 것이 큰 불행을 미리 예방하는 확실한 방법이다.

행복은 자기 자신에게 만족하는 사람의 것

자기 자신에게 만족하고, 자기 자신이 전부여서 '나는 모든 재산을 몸에 지니고 다닌다.'고 말할 수 있다면 그것이야말로 가장 확실하고 유익한 행복일 것이다. 따라서 '행복이란 자기 자신에게 만족하는 사람의 것이다.'라는 아리스토텔레스의 말을 자주 되뇌일 필요가 있다. 왜냐하면 사회생활에서 온갖 어려움과 경쟁, 위험과 불쾌한 일들을 피할 수 없는데, 그 속에서 조금이나마 안심하고 의지할 수 있는 것은 자기 자신밖에 없기 때문이다.

본질적인 자산을 위해 다른 것들을 버려라

행복에 있어 가장 중요한 것은 건강이며, 그다음으로 중요한 것은 아무런 걱정 없이 마음 편히 살아갈 수 있게 하는 수단들이다. 명예와 지위, 명성에 많은 가치를 부여하는 사람들이 있긴 하지만, 우리가 지니고 있는 본질적인 자산과는 비교가 되지 못한다. 오히려 본질적인 자산을 지키기 위해 그런 것들을 미련 없이 버릴 수 있어야 한다. 각자 자신의 신념 속에서 살아가는 것이지 타인의 관점에 따라 살아가선 안된다는 단순한 진리를 깨달아야 한다. 그것이야말로 행복에 큰 도움이 될 것이다.

명랑한 사람은 행복하다

내면에 지니고 있는 모든 자산 중에서 가장 직접적으로 우리를 행복하게 해주는 것은 명랑한 마음이다. 명랑한 마음은 즉각 보답을 해주기 때문이다. 그건 다른 어떤 것으로도 대체할 수 없다. 그래서 어떤 사람이 행복한지 판단하려면 그가 명랑한지 알아보아야 한다. 명랑하다면 젊었든 늙었든, 몸이 반듯하든 굽었든, 가난하든 부자든, 아무래도 상관없다. 그는 행복한 것이다.

명랑함이 오면 언제든 문을 열어 주어라

명랑함이 마음에 찾아오면 언제라도 문을 활짝 열어 줘야 한다. 명랑함은 잘못된 때 찾아오는 법이 결코 없기 때문이다. 사람들은 만족할 이유가 있나 없나를 따져 보면서 명랑함을 받아들이는 데 주저하곤 한다. 또 진지한 숙고와 중대한 걱정이 명랑함으로 인해 방해받을까 봐 우려하곤 한다. 그러나 진지한 숙고와 중대한 걱정으로 무엇을 개선할 수 있을지는 매우 불확실한 반면, 명랑함은 직접적인 이득이 된다. 명랑함은 행복의 진짜 주화와 같은 것이다. 직접적으로 현재를 행복하게 해주는 것은 명랑함밖에 없다.

생명의 본질은 운동에 있다

명랑할 수 있도록 하는 데 가장 큰 도움이 되는 것은 부가 아니라 건강이다. 그러므로 절제하지 못하는 방탕한 생활, 감정의 격한 동요, 지나친 정신적 긴장을 피하고, 완전한 건강을 유지하도록 노력해야 한다. 매일 적당한 운동을 하지 않으면 건강을 유지할 수 없다.

나무도 잘 자라려면 바람에 흔들려야 한다

몸을 거의 움직이지 않고 하루 종일 앉아서 생활하는 사람들에게는 내적으로 심한 부조화가 발생할 수 있다. 내부의 지속적인 운동도 외부의 운동을 통해 유지해야 하기 때문이다. 그건 우리의 내부가 감정의 동요로 들끓고 있는데 그것을 외부로 표출하지 못할 때 생기는 부조화와 마찬가지다. 나무도 잘 자라려면 바람이 불어와 흔들려야 하는 것이다.

사람을 불안하게 하는 것은
사물이 아니라 사물에 대한 생각이다

우리의 행복은 명랑한 기분에 크게 좌우되고, 명랑한 기분은 건강 상태에 따라 크게 좌우된다. 똑같은 외부 상황에 대해서도 몸이 건강할 때와 병 때문에 짜증 나고 불안할 때 우리가 받는 인상이 완전히 다른 걸 보면 그건 분명해진다. 우리가 행복하거나 불행하게 느끼는 건 사물의 실제 모습이 아니라 사물에 대한 우리의 생각 때문이다.

건강을 희생하는 것만큼 어리석은 일은 없다

행복의 90퍼센트는 건강에 의해 좌우된다. 건강해야 모든 것을 즐길 수 있기 때문이다. 건강하지 못하면 그 어떠한 것도 즐길 수가 없다. 정신적 특성이나 감정, 기질과 같은 내면적 자산조차도 병약함으로 위축되고 기가 꺾인다. 사람들이 만나면 서로 건강 상태를 묻는 것도 다 이유가 있다. 인간의 행복에서 가장 중요한 것이 바로 건강이기 때문이다. 생업이나 승진을 위해서든, 학식이나 명예를 위해서든, 무슨 일을 위해서든, 건강을 희생하는 것만큼 어리석은 일은 없다. 건강이 있고 난 뒤에 다른 모든 것이 있는 것이다.

명랑한 사람과 침울한 사람의 차이

사람마다 유쾌한 인상과 불쾌한 인상을 받아들이는 감수성이 다르다. 때문에 같은 일을 두고도 어떤 사람은 절망에 빠지는가 하면, 어떤 사람은 그냥 웃고 넘어간다. 불쾌한 인상에 대한 감수성이 강할수록 유쾌한 인상에 대한 감수성은 그만큼 약하다. 침울한 사람은 불행한 일이 닥치면 화를 내거나 몹시 괴로워하지만 행복한 일을 맞아도 그다지 기뻐하지 않는다. 명랑한 사람은 불행한 일을 당할 때도 그다지 화를 내거나 괴로워하지 않지만 행복한 일을 맞으면 몹시 기뻐한다. 침울한 사람은 열 가지 계획 중 아홉 가지를 성공해도 그 아홉 가지에 대해 기뻐하지 않고 한 가지 실패에 대해 화를 낸다. 명랑한 사람은 한 가지 일에 성공한 것으로도 자신을 위로하고 유쾌한 기분을 가질 줄 안다.

건강한 거지가 병든 왕보다 더 행복하다

건강은 외적인 어떤 것보다 훨씬 중요하므로, 건강한 거지가 병든 왕보다 더 행복하다고 할 수 있다. 완벽한 건강과 조화로운 신체에서 비롯되는 차분하고 명랑한 기질, 올바른 분별력, 온건한 의지, 그리고 정의로운 양심, 이런 것은 어떠한 지위나 물질로도 대신할 수 없는 최고의 장점이다.

현재만이 유일하게 현실적이고
유일하게 확실한 것임을 결코 잊어서는 안된다.

3

현재를
즐겨라

현재를 즐기는 것이 가장 현명한 지혜다

우리 삶의 모든 시간은 단 한 순간만 '존재한다'일 뿐이고, 그다음엔 영원히 '존재했다'가 된다. 생명의 샘을 끊임없이 채울 수 있다는 은밀한 의식이 우리 마음속 깊은 곳에 자리하고 있지 않다면, 우리는 어쩌면 흘러가는 짧은 생을 보며 미쳐 버리고 말지도 모른다. 그러므로 현재를 즐기고 그것을 삶의 목적으로 삼는 것이 가장 현명한 지혜라고 말할 수 있을 것이다. 오로지 현실만이 실재하는 것이며, 다른 모든 것은 단지 사고의 유희에 불과하기 때문이다. 하지만 또한 현재를 삶의 목적으로 삼는 것이 가장 어리석은 짓인지도 모른다. 다음 순간 더 이상 존재하지 않는 것, 꿈처럼 완전히 사라져 버릴 것을 진지하게 추구할 가치는 없기 때문이다.

인생의 모습은 모자이크 그림과 같다

우리 인생의 모습은 투박한 모자이크 그림과 같다. 가까이서 보면 아무런 매력을 느낄 수 없고 멀리서 바라보아야 아름다움을 느낄 수 있다. 우리는 '열망하던 것'을 얻으면 이내 공허감을 느끼고 또다시 더 나은 것을 기대하며, 때로는 지나간 일을 후회하며 그리워하기도 한다. 반면 현재는 단지 일시적인 것으로 치부되어, 목적에 이르는 과정으로만 여겨지며 경시된다. 그래서 대부분의 사람은 인생 말년에 이르러 자신이 평생 임시 인생으로 살아왔다는 걸 알게 된다. 그러고는 별로 존중하지도 즐기지도 않고 그냥 지나쳐 보낸 것이 바로 기대에 차서 살아온 자신들의 인생임을 깨닫고 놀라워할 것이다. 그래서 인생행로는 대체로 희망에 우롱당하며 죽음을 껴안고 춤추는 것과 다름 아니다.

본질은 불변한다

우리는 살아가면서 항상 시간의 종점이 아닌 중심점을 마음속에 지니며 생활한다. 인간이 죽음의 두려움을 느끼지 않고 하루하루를 살아가도록 확신을 주는 것도 바로 그것이다. 하지만 기억력이 좋고 상상력이 풍부해서 오래전에 지나간 일을 매우 생생히 떠올릴 수 있는 사람은 모든 시간에서 현재의 동일성을 다른 누구보다 더욱 분명히 의식할 것이다. 모든 실재의 유일한 형식인 현재가 우리 내부에 원천을 지니고 있다는 것을, 그러므로 외부가 아니라 내부에서 유래한다는 것을 직관적인 방식으로 깨닫는 사람은 자신의 본질의 불멸성을 의심하지 않을 것이다.

현재는 이 순간부터 불멸의 빛에 에워싸인다

 지금은 괴로운 심정으로 냉담하게 흘려보내고 싶고, 어서 빨리 지났으면 싶은 현재일지 모르지만, 그래도 견딜 만하다면 지금 이 현재를 한없이 존중해야 한다. 현재는 이 순간부터 바로 신성한 과거 속으로 흘러 들어가 이제부터 불멸의 빛에 에워싸인 채 기억 속에 간직되기 때문이다. 그 기억은 이따금 베일을 걷어내며 간절한 그리움의 시간으로 우리 자신 앞에 모습을 드러내는 것이다.

경솔한 사람과 불안한 사람의 차이

어떤 사람들은 너무 지나치게 현재를 중요시하며 살고 있다. 경솔한 사람들이 그러하다. 또 어떤 사람들은 너무 미래를 중요시하며 살고 있다. 걱정이 많고 불안한 사람들이 그러하다. 그 비율을 적절히 조절할 줄 아는 사람은 드물다. 노력과 희망에 의지해 항상 앞만 바라보며 미래가 진정한 행복을 가져다 줄 거라고 생각해 그쪽으로만 집중하면서 현재를 즐기기도 않고 지나쳐 버리는 사람들이 있다. 그런 사람들은 성숙해 보이는 것 같지만 사실은 이탈리아의 노새에 비유할 수 있다. 이탈리아에서는 노새의 머리에 있는 봉에 건초 한 다발을 매달아 두는데, 노새는 바로 눈앞에서 계속 달랑거리는 그것을 먹으려는 욕심에 발걸음을 재촉한다고 한다.

현재만이 확실한 것이다

미래를 위한 계획과 걱정에 온통 마음을 쏟거나, 과거에 대한 동경에 빠지지 말고, 현재만이 유일하게 현실적이고 유일하게 확실한 것임을 결코 잊어서는 안된다. 미래는 우리가 생각하는 것과 거의 항상 다르게 되어 간다는 사실, 과거 또한 우리가 기억하는 것과 달랐다는 것을 알아야 한다. 결국 과거와 미래 모두 우리가 생각하는 것과는 달리 그다지 대단한 것이 아님을 결코 잊어서는 안된다.

현재를 항상 명랑한 기분으로 받아들여라

현재만이 진실하고 현실적이다. 현재는 현실적으로 충만한 시간이고, 우리의 생활은 오로지 현실 속에만 존재한다. 그러므로 우리는 현재를 항상 명랑한 기분으로 받아들여야 한다. 따라서 구체적인 불쾌감이나 고통이 없는, 견딜 만한 현재의 시간이라면 그 자체로 즐기는 것이 좋다. 다시 말해 과거에 품은 희망이 실패로 돌아갔다거나 미래에 대한 걱정 때문에 짜증 난 얼굴로 현재를 우울하게 보내서는 안된다. 지난 일에 대한 불만이나 미래에 대한 불안 때문에 현재의 좋은 시간을 내팽개치거나 경솔하게 망쳐 버리는 것은 대단히 어리석은 일이다.

단 하루, 단 한 번뿐인 오늘

현재의 삶을 즐길 수 있으려면 무엇보다 먼저 마음에 안정을 가져야 한다. 오늘이라는 날은 단 한 번뿐이고 두 번 다시 찾아오지 않는다는 사실도 알아야 한다. 그런데 우리는 오늘이라는 날이 내일 다시 찾아올 것으로 착각한다. 내일 역시 두 번 다시 찾아오지 않는 또 다른 하루일 뿐이다. 병에 걸렸을 때나 슬픔에 빠져 있을 때 우리는 고통과 후회가 없었던 과거의 시간을 한없이 부러워하며, 마치 잃어버린 낙원이나 진가를 인정하지 못했던 친구처럼 아쉽게 떠올린다. 그렇다는 사실을 언제나, 건강한 때에도 의식하고 산다면, 현재를 좀 더 가치 있게 평가하고 즐길 수 있을 것이다.

고독을 사랑하지 않는 사람은
자유도 사랑하지 않는다.

4

고독을
사랑하라

고독을 사랑하는 습관

남달리 뛰어난 개성을 지닌 사람은 본질적으로 타고난 고립의 성향 때문에 젊은 시절에는 어려움을 느끼지만 나이가 들면 오히려 자유로운 기분을 갖게 된다. 고립의 습관에 자기 자신을 친구로 삼는 습관을 더한다면 그것이 제2의 천성이 되기도 한다. 젊은 시절엔 고독을 사랑하는 습관을 어렵게 가질 수 있었다면 이제는 그런 마음이 아주 편하고 간단한 것이 된다. 말하자면 고독한 마음이 마치 물을 만난 물고기처럼 자연스럽게 되는 것이다.

현명한 사람은 불에서 적절한 거리를 둔다

고독의 적막함을 견디지 못하는 사람들이 있다. 나는 그런 사람들에게 사회에 나가서도 어느 정도 고독의 습관을 가지라고 권하고 싶다. 그리고 자신의 생각을 타인에게 곧바로 전달하지 말라고 충고하고 싶다. 타인에게 관용의 습관을 익히기 위해서는 무심한 태도를 갖는 것이 가장 확실한 방법이다. 그렇게 하면 그들 속에 있으면서도 한편으론 완전히 그들 속에 있지 않아서 사회에 대해 완전히 객관적인 태도를 취할 수 있다. 그러면 타인들과 너무 가까이 하지 않아도 되고, 그럼으로써 마음이 더럽혀지거나 상처를 받는 일도 줄어들 것이다. 사회는 불에 비유할 수도 있다. 현명한 사람은 적절한 거리를 두고 불을 쬐지만, 어리석은 사람은 불에 손을 집어넣어 화상을 입은 다음에야 고독이라는 차가운 곳으로 도망쳐 손이 타고 있다고 탄식하는 것이다.

신체적 고독이
정신적 고독과 일치하면 행운이다

고독한 상황에 있을 때 가련한 인간은 자신의 가련함을 느끼고, 위대한 정신의 소유자는 자신의 위대함을 느낀다. 요컨대 사람은 자기 본연의 모습을 느끼는 것이다. 또한 인간은 자연의 순위에서 상위에 있을수록 고독한 상태에 있다. 게다가 그것은 본질적이고 불가피한 고독이다. 하지만 신체적인 고독이 정신적인 고독과 일치한다면 그 사람에겐 행운이다. 그렇지 못할 경우 이질적인 무리가 주위에 잔뜩 모여들어 그에게 방해가 되고, 그의 자아를 앗아갈 것이기 때문이다.

고독을 사랑하지 않는 사람은
자유도 사랑하지 않는다

사회는 어쩔 수 없이 서로 간의 순응과 타협을 요구한다. 따라서 사회는 그 범위가 넓을수록 무미건조해진다. 인간은 혼자 있을 때만 온전히 그 자신일 수 있다. 그러므로 고독을 사랑하지 않는 사람은 자유도 사랑하지 않는 사람이라고 할 수 있다. 인간은 혼자 있을 때만 자유롭기 때문이다. 구속은 어떤 사회에서든 떼어낼 수 없는 것이다. 그리고 모든 사회는 희생을 요구하는데 자신의 개성이 강할수록 그 희생은 커진다. 결국 인간은 누구나 자아의 가치에 정확히 비례해서 고독을 사랑하거나, 고독을 피하는 것이다.

내면이 풍요로우면
스스로 만족할 줄 안다

내면의 풍요로움을 지닌 사람은 스스로 만족을 누릴 줄 알기 때문에 타인들과 관계를 맺기 위해 필요 이상의 희생을 굳이 치르지 않는다. 그런 사람은 자신을 부정하면서까지 공동 관계를 추구하지 않는다. 그와 반대로 평범한 사람들은 지극히 사교적이며 순응적이다. 그런 사람들은 자기 자신을 참기보다 남을 참기가 더 쉽다. 세상에서는 정말로 가치 있는 것이 중시되지 않으며, 하찮은 것들이 중시되고 있다. 뛰어나고 탁월한 사람들이 은둔 생활을 하는 것을 보면 그런 사실이 입증된다. 스스로 정당한 것을 지닌 사람이라면, 자신의 자유를 지키거나 확대하기 위해서는 자신의 욕구를 제한하고 스스로에게 흔쾌히 만족하는 것이 진정한 삶의 지혜가 된다는 걸 알 것이다.

내면의 공허는
끊임없는 외부의 자극을 필요로 한다

인간이 사교적으로 되는 것은 고독한 상태의 자기 자신을 견딜 능력이 없어서다. 남들과 어울리는 것뿐만 아니라 낯선 곳으로 여행을 떠나는 것도 내면의 공허와 권태 때문이다. 그런 사람의 정신에는 스스로를 움직이게 할 탄력이 부족하므로 술로 탄력을 높이려고 하다가 정말로 술꾼이 되는 경우도 허다하다. 그 때문에 그들에게는 외부로부터의 끊임없는 자극, 자신과 동류인 술꾼에 의한 가장 강력한 자극이 필요하다. 이러한 자극이 없으면 그들의 정신은 정신 자체의 무게를 견디지 못하고 무너져 버려 답답한 무감각 상태에 빠지고 만다. 그런 각자의 인간은 인류라는 이념의 한낱 조그만 단편에 불과하므로 어느 정도나마 인간이라는 완전한 의식이 생기도록 하려면 타인에 의해 수많은 보충을 받을 필요가 있다. 그런 반면 온전한 인간이라고 할 수 있는 자는 그야말로 명실상부한 인간으로, 단편이 아닌 통일체를 이루고 있어서 자기 자신만으로 충분하다.

고독을 벗어나기 위해
나쁜 사회에도 만족한다

재앙도 함께하면 견디기가 쉬워진다. 사람들은 무료함을 재앙으로 생각한다. 때문에 함께 모여 공동으로 무료함을 견디려고 하는 것이다. 삶에 대한 사랑이 근본적으로는 죽음에 대한 두려움에 불과하듯이 무리를 지으려는 인간의 본능도 기본적으로는 직접적인 본능이 아닌 것이다. 다시 말해 인간에게 그런 본능이 있는 것은 사회를 사랑해서가 아니라 고독을 두려워하기 때문이다. 타인과 함께 시간을 보내고 싶어서가 아니라 혼자의 적막함이나 단조로운 상태를 벗어나고 싶은 것이다. 그래서 고독에서 벗어나기 위해 나쁜 사회에도 만족하고, 어떤 사회에서든 살다 보면 필수적으로 생기는 역겨운 일이나 강요도 그냥 감수하는 것이다. 하지만 이 모든 것에 대해 혐오감이 커지면 자연히 고독의 습관이 생기게 된다. 그렇게 되면 사회를 아쉬워하지 않고 대단히 편한 마음으로 혼자 지낼 수 있다. 그리고 고독한 생활이 주는 유익함에 점차 익숙해진다.

고독을 즐기는 사람은
혼자 연주하는 피아노와 같다

대부분의 사람들의 마음과 정신은 하나의 음을 내는 금관악기처럼 단조롭다. 반면 재기가 넘치는 사람은 혼자 연주를 하는 거장이나 피아노에 비유할 수 있다. 다시 말해 피아노가 자기 혼자만으로 작은 오케스트라를 이루듯이 거장은 하나의 작은 세계라고 할 수 있다. 대부분의 사람들이 함께 협력해야만 이룰 수 있는 것을 그는 하나의 의식에 통합해 나타낸다. 피아노와 마찬가지로 그는 교향악의 한 부분이 아니라 독주와 고독에 적합한 사람이다.

고독을 좋아하는 사람은
금광을 얻은 것과 같다

고독과 일찍 친해져서 고독을 좋아하게 된 사람은 금광을 얻은 것이나 마찬가지다. 하지만 누구나 그럴 수 있는 것은 아니다. 원래 곤궁에 시달리던 사람들이 곤궁에서 벗어나면 이 번엔 무료함에 시달리게 되는데, 그러한 곤궁과 무료함이 없다면 누구나 혼자 지낼지도 모른다. 고독은 인간의 자연스러운 상태이기도 하다. 다시 말해 고독은 우리를 최초의 인간 아담으로 만들어 자신의 본성에 맞는 본래적인 행복한 상태로 되돌아가게 해준다.

우리의 모든 불행은
혼자 있을 수 없는 데서 생긴다

세상엔 어디나 모든 것에 들러붙어 무엇이든 항상 취할 준비가 되어 있는 천민 무리가 있다. 그들은 무수히 떼로 몰려 있는 해충 같은 존재다. 그들이 그렇게 하는 이유는 자신의 무료함을 벗어나기 위해서다. 그러나 스스로 정신적 온기를 충분히 지닌 사람은 굳이 무리에 섞일 필요가 없다. 지적으로 뛰어난 사람은 고독한 생활로 이중의 이점을 얻는다.

첫째는 자기 자신과 함께한다는 이점이고, 둘째는 타인과 함께하지 않는다는 이점이다. 모든 교제에는 강요와 고충, 위험이 따른다는 것을 감안할 때 두 번째 이점은 높이 평가할 만하다. 사교는 때로 도덕적으로 문제가 있거나 불합리한 사람과도 접촉하게 하므로 위험한 일이기도 하다. 비사교적인 사람은 그런 사교성을 지닐 필요가 없는 사람이다. 사교가 필요하지 않을 만큼 많은 것을 지니고 있다는 사실은 그것만으로도 큰 행운이다. 우리가 겪는 거의 모든 고뇌는 사교로 인해 생기기 때문이다.

뛰어난 정신력을 지닌 사람은
고독을 선택한다

외국에서 수입할 물건이 별로 없거나 전혀 없는 나라가 가장 행복하듯, 내면의 부가 충분해서 자신을 지탱하기 위해 외부의 도움이 별로 필요 없거나 전혀 필요 없는 사람이 가장 행복하다. 그런 사람은 타인이나 외부에 크게 기대할 게 없기 때문이다. 그렇듯 뛰어난 정신력을 지닌 사람은 사교를 좋아하지 않고 심지어 고독을 선택한다. 인간이 타인에게서 얻을 수 있는 것은 극히 좁은 범위 내에서다. 결국 인간은 누구나 혼자인 것이다.

사람은 고독한 상태에서
본연의 모습이 드러난다.

5

타인을 대하는
자세

결점에 관대해야 하는 이유

우리는 눈앞에서 일어나고 있는 모든 현상이 바로 우리 자신의 어리석음과 악덕의 소치임을 염두에 두면서, 인간의 온갖 결점과 악덕에 관대해야 한다. 그건 바로 인류의 결점이며, 우리 모두가 지니고 있는 결점이기 때문이다. 자신에게 지금은 그런 결점이 없다고 해서 타인들의 결점을 보고 즉각 분개하기도 한다. 하지만 그런 결점은 표면에 드러나지 않고 내면에 깊숙이 잠재해 있다가 어떤 계기가 생기기만 하면 즉각 수면 위로 떠오를 것이다. 물론 어떤 사람에겐 이런 결점이, 어떤 사람에겐 저런 결점이 나타나기도 하고, 어떤 사람에게는 모든 나쁜 성질이 다른 사람에 비해 훨씬 많이 있을 수도 있다. 개성의 차이가 헤아릴 수 없이 크기 때문이다.

다른 사람의 일에는
탁월한 수학자가 되어 따진다

사람들은 보편적 진리에 대해서는 그토록 둔감하고 무관심하면서도 개인의 사사로운 일에 대해서는 무척이나 집착한다. 예컨대 평소에는 특별히 명민한 모습을 보이지 않는 사람이 타인의 개인적인 문제와 관련된 일에는 단 하나의 수치만 갖고도 극히 까다로운 문제를 해결하는 탁월한 수학자가 된다. 그러므로 아무리 사소한 것이라도 매우 구체적이고 개인적인 어떤 상황에 대해서는 장소나 시점, 사람의 이름, 관련되는 어떠한 것도 말하지 않도록 조심해야 한다. 그렇지 않으면 구체적으로 주어진 수치를 이용해 수학적 명민함으로 다른 모든 것을 즉각 알아내기 때문이다. 강한 호기심이 발동해 그 힘으로 의지가 지성에 박차를 가해 극히 동떨어진 결과에 도달하게 하는 것이다.

누구에게도 적의를 품지 말라

될 수 있는 한 누구에게도 적의를 품지 않는 것이 좋다. 하지만 사람의 성격은 결코 변하지 않는다는 것을 염두에 두고 사람들마다의 행동을 잘 기억해 둬야 한다. 그런 다음 사람들마다의 특성을 분별해 그들에 대한 우리의 태도와 행동을 정해야 한다. 어떤 사람의 나쁜 특성을 잊어버리는 것은 어렵게 번 돈을 내버리는 행위와 같다. 하지만 잘 기억해 두고 행동하면 어리석은 친밀감과 우정으로부터 자신을 보호할 수 있다. '사랑하지도 미워하지도 말라.'에는 모든 처세술의 절반이 담겨 있다. '아무것도 말하지 말고 아무것도 믿지 마라.'에는 다른 절반이 담겨 있다.

길가에 놓인 돌멩이처럼 차 버려라

시시각각 사소한 재난이 일어나 우리를 괴롭히는 것은 큰 재난을 견디는 힘이 행복할 때 완전히 소진되지 않도록 우리를 계속 훈련시키기 위한 것으로 볼 수 있다. 매일 겪는 성가신 일이나 사람들과 교제할 때 생기는 사소한 갈등, 별로 심하지 않은 충돌이나 타인의 무례한 언행, 험담 등에 대처하기 위해서는 불사신 지크프리트가 되어야 한다. 그런 일을 마음에 담아두거나 곰곰 생각하지 말고, 되살아날 때마다 길가에 놓인 돌멩이처럼 힘껏 차 버려야 한다. 그런 것에 대해 깊이 생각하거나 곱씹으면 안된다.

상대방의 진실을 알아내는 법

어떤 사람이 거짓말한다는 의심이 들면 믿는 척하는 태도를 보여라. 그러면 그 사람은 더욱 대담해져 더 심한 거짓말을 하게 되고 결국 들통이 날 것이다. 반대로 상대방이 숨기고 싶어 했던 진실을 자기 자신도 모르게 발설했다는 것을 우리가 눈치챘을 때는 그것을 믿지 않는 듯한 태도를 보여라. 그러면 나의 의심에 자극받은 상대방은 모든 진실을 하나하나 다 뱉어 낼 것이다.

생각과 말 사이에
커다란 틈을 벌려 두어라

자신의 개인적인 문제는 모두 비밀로 해두고, 친한 사람에게도 그가 직접 본 것이 아니라면 전혀 모르게 내버려 둬야 한다. 아무리 사사로운 문제라도 그들이 알면 나중에 뜻하지 않게 불리한 경우가 생길 수 있기 때문이다. 자신의 분별력을 지키고 싶다면 말보다 침묵이 더 낫다. 침묵은 현명함과 관련되고, 말은 허영심과 관련된다. 두 가지가 올 기회는 똑같이 있다. 하지만 우리는 침묵이 가져다주는 지속적인 이익보다는 말이 가져다주는 일시적인 만족을 더 선호하는 경우가 많다. 사실 한 번 내뱉어 버리면 가슴이 후련해진다. 그러나 습관이 될 수 있으므로 조심해야 한다. 타인과 대화를 할 때 자기도 모르게 생각이 금방 말로 나올 수 있기 때문이다. 현명한 자세는 생각과 말 사이에 커다란 틈을 벌려 두는 것이다.

무턱대고 타인을 모범으로 삼아서는 안된다

우리는 무턱대고 타인을 자신의 모범으로 삼아서는 안된다. 나와 타인은 처지와 사정이 같지 않고 성격도 달라서 행동에도 전혀 다른 결과를 주기 때문이다. 따라서 두 사람이 같은 행동을 해도 결국 같지 않게 되는 것이다. 자신의 기질을 충분히 숙고하고 통찰한 후에 행동해야 한다. 그리고 실천을 할 때도 독창성이 없어서는 안된다. 자신의 행동이 본래의 모습과 어울리지 않기 때문이다.

있는 그대로의 열등함을 내보이는 것이 좋다

신분과 부유함에 대해서는 언제나 사람들의 존경을 기대할 수 있지만, 정신적 장점에 대해서는 결코 존경을 기대할 수 없다. 반대로 정신적 열등함은 진솔한 추천장과도 같다. 몸이 따뜻한 것과 정신적으로 기분 좋은 우월감을 느끼는 것은 그 의미가 같다. 그래서 누구나 본능적으로 난로나 양지바른 곳에 다가가려고 하는 것처럼, 자신에게 그러한 기분 좋은 우월감을 느끼게 해주는 상대에게 다가가려고 하는 것이다. 그런 상대란 남자의 경우에는 정신적 능력이 자신보다 월등히 떨어지는 사람이고, 여자의 경우에는 미모가 확연히 떨어지는 사람이다. 남들이 자신에게 다가오도록 하려면 있는 그대로의 열등함을 내보이는 것이 좋다. 어떠한 종류든 정신적 우월함은 자신을 남과 멀어지게 만든다.

남 앞에서 정신적 우월함을 과시하지 말라

어떤 사람이 자신과 대화를 나누는 상대가 정신적으로 월등하다는 것을 깨닫게 되면 상대도 마찬가지로 자신의 열등함을 깨달을 것이라고 짐작한다. 그렇게 되면 그의 마음엔 곧 격렬한 분노심이 일어난다. 남 앞에서 정신적 능력을 과시하는 행위는 간접적인 방식이긴 하지만 다른 사람의 무능함과 우둔함을 비난하는 셈이 된다. 더구나 천박한 본성을 지닌 사람은 자신과 전혀 다른 질의 사람을 보면 정신적 혼란에 빠져 질투심을 일으키게 된다. 인간은 그 어떤 장점보다도 정신적 장점을 자랑스럽게 여긴다. 하지만 남 앞에서 정신적 우월함을 과시하는 것은 참으로 대담무쌍한 행위다. 사람들은 그런 일을 당하면 복수심을 품고 상대에게 모욕을 주어 앙갚음을 하고 싶어 한다.

친한 친구가 불행을 당하면
딱히 싫지만은 않다

어떤 친구가 진정한 친구인지 알아보기 위해 가장 적절한 기회는 자신이 방금 당한 불행을 알리는 순간이다. 그럴 때 어떤 친구는 마음에서 우러나는 참되고 가식 없는 슬픈 표정을 짓는다. 또 어떤 친구는 겉으로는 마음의 평정을 유지하는 것 같지만 얼핏 스치는 표정마저 감추지는 못한다. 라로슈푸코의 말처럼 '가장 친한 친구가 불행을 당하면 우리는 딱히 싫지만은 않은 어떤 기분을 느낀다.' 라는 말을 확인시켜 주는 것이다. 대부분의 친구들은 그런 경우 종종 입가에 흐뭇한 미소가 잔잔히 번지는 것을 거의 참지 못한다. 친구들에게 자신이 최근에 겪은 큰 불행에 대해 들려주거나 자신의 개인적 약점을 숨김 없이 털어놓을 때만큼 그들을 기분 좋게 해주는 것은 별로 없을 것이다. 그것이 바로 인간 본성의 특징이다.

사소한 일에서 사람의 성격이 드러난다

새로 알게 된 어떤 사람을 너무 호의적으로 대하지 않도록 해야 한다. 대개의 경우 그 사람에 대해 실망하고 모욕을 당하기도 할 것이다. 이럴 땐 '사소한 일로도 그 사람의 성격을 알 수 있다.'고 한 세네카의 말을 새겨들어야 한다. 깊은 생각을 할 필요가 없는 일상적인 일에서 그 사람의 성격이 드러나는 것이다. 사소한 행동이나 단순한 태도에서 타인을 조금도 배려하지 않는 이기심을 종종 관찰할 수 있다. 그런 이기심은 나중에 큰 문제에 부딪히게 되면 아무리 가면을 쓰려 해도 제 본성을 감출 수가 없게 된다. 어떤 사람이 '법은 사소한 일에는 개입하지 않는다.' 라는 원칙이 적용될 만한 일에서 안하무인으로 행동하고, 타인에게 손해를 끼치면서까지 자신의 이익이나 편의만 추구하며, 모든 사람을 위해 존재하는 것을 자신의 소유로 여긴다면, 그 사람의 마음속에는 정의감이 없는 것이 분명하다.

화해의 대가

인간은 무엇이든 다 잊을 수 있지만 자신의 본질만은 망각할 수 없다. 인간의 모든 행동은 내적인 원칙에서 나오는 것이며, 성격은 절대로 바뀔 수 없다. 그러므로 인간은 같은 상황에 부딪히면 언제나 같은 행동을 할 수밖에 없다. 절교한 친구와 다시 화해하면 대가를 치러야 한다. 그 친구는 기회가 생길 때마다 절교의 원인이 되었던 바로 그 행동을 다시 되풀이할 것이다. 그리고 속으로는 상대가 자신을 필요로 한다는 걸 즐길 것이다. 이처럼 우리는 상황이 변했는데도 그 사람이 과거와 똑같은 행동을 하리라 기대해서는 안 된다. 이해관계가 달라지면 인간은 재빨리 태도와 신념을 바꾼다. 인간의 의도적 행위는 단기 어음을 끊으므로 우리도 단기적 시각을 가져야 어음 인수를 거절하지 않을 것이다.

좋은 친구일수록 오랜만에 만나라

기억은 사진기 암상자 속의 집광 렌즈와 같은 작용을 한다. 기억은 모든 것을 한데 끌어 모아 실제보다 훨씬 아름다운 상으로 만들어낸다. 그 이유는 그것이 현재 존재하지 않기 때문이다. 기억의 이상화 작업이 완성되기까지는 오랜 시간이 필요하지만 그 작업은 즉시 시작된다. 그러므로 좋은 친구일수록 오랜만에 만나는 것이 현명하다고 할 수 있다. 그렇게 하면 다시 만났을 때 기억이 이상화 작업을 벌써 진행했음을 알게 될 것이다.

아는 만큼만 볼 수 있다

아무도 자신을 넘어서는 볼 수 없다. 누구나 자신의 정신 수준에 따라서만 타인을 파악하고 이해할 수 있다. 그런데 그 정신 수준이 매우 저급한 종류의 것이라면 어떤 정신적 재능도 그에게 영향을 미치지 못할 것이다. 그런 사람은 위대한 정신의 소유자에게서 그 사람의 가장 저열한 것, 그가 지닌 모든 약점, 기질과 성격의 결함밖에 감지하지 못해 그 사람을 그런 인물로 판단할 것이다. 장님에게는 색이 존재하지 않는 것처럼 자신에게는 그 사람이 지닌 좀 더 높은 정신적 재능이 존재하지 않는 것이다. 무릇 정신이란 그것을 갖지 않은 사람에게는 보이지 않는 법이다.

존경보다 사랑이 더 유익하다

존경은 흔히 마음에 우러나서가 아니라 강요되는 경우가 많으며, 때문에 대체로 은폐되어 있다. 그래서 우리는 다른 사람으로부터 존경을 받으면 마음속으로 훨씬 만족스럽다. 존경은 사람의 가치와 연관되어 있다. 그러나 사람의 가치가 인간의 사랑에도 그대로 적용되지는 않는다. 왜냐하면 사랑은 주관적이고 존경은 객관적이기 때문이다. 둘 중에서 사랑이 훨씬 유익한 것은 말할 필요도 없다.

개성은 자연에 의해 정해진 것이므로
변하지 않는다

세상에서 살아가려면 처신에 조심하고 타인에게 아량을 베푸는 것이 필요하다. 조심하면 손해와 비난을 막을 수 있고, 아량을 베풀면 시기와 싸움을 피할 수 있다. 사람들 사이에서 살아가려면 자연에 의해 정해지고 주어진 것에 대해서는 어떠한 개성도, 아무리 하찮고 가소로운 것이라 해도 무시해서는 안 된다. 그 개성은 영원한 것이며 자연의 질서에 의해 현재의 모습 그대로 존재할 수밖에 없는 불변의 것으로 받아들여야 한다. 그 개성이 고약한 경우를 만날 때는 그저 '그런 괴상한 녀석도 있어야겠지.' 라고 생각하면 된다.

타인의 개성을 견디며 인정해야 한다

상대의 본래적인 개성, 즉 그의 도덕적 성격, 그의 인식 능력, 기질이나 인상 등은 아무도 바꿀 수 없다. 우리가 그 사람의 본질을 완전히 부정한다면 그는 우리를 철천지원수로 생각하고 싸울 수밖에 없을 것이다. 우리가 불변인 그의 존재를 바꾸라는 조건 하에서만 그의 생존권을 인정하려는 셈이기 때문이다. 그러므로 사람들 사이에서 살아가기 위해서는 누구나 그것이 어떤 모습을 하고 있든 간에 타고난 개성을 견디며 인정해야 한다. 개성이 변하기를 바라거나 있는 그대로의 개성을 무조건 부정해서는 안된다. 이것이 바로 '나도 살고 상대도 살린다'는 말의 참된 의미다.

어리석음의 세 가지 싹

인간의 본성에 자리하고 있는 어리석음에서 세 가지 싹이 자라난다. 명예욕, 허영심, 자긍심이 그것이다. 허영심과 자긍심의 차이는 이렇다. 자긍심은 어떤 면에서 자신이 압도적인 가치를 지녔다는 것에 관한 분명한 확신이다. 반면 허영심은 이러한 확신을 타인의 마음속에서 일으키려는 소망이다. 그리고 그 확신을 자신의 것으로 삼고 싶다는 은밀한 희망을 품는 것이다. 자긍심은 자기 자신에 대해 내면에서 솟아나는 직접적인 평가인 반면, 허영심은 그런 평가를 외부에서 얻으려는 노력이다. 허영심은 말을 많이 하게 만들고, 자긍심은 과묵하게 만든다. 허영심이 강한 사람은 화려한 언변을 자랑하기보다는 계속 침묵하는 편이 오히려 더 쉽게 타인의 높은 평가를 얻을 수 있다는 걸 알아야 한다.

타인은 나의 인내심을 훈련하게 한다

수많은 사람들의 복잡한 개성을 피하고 살 수 있는 사람은 행복하다고 할 수 있다. 사람에 대한 인내심을 쌓으려면 무생물을 상대로 자신의 인내심을 훈련해 보는 것이 좋다. 무생물은 역학적, 물리적 필연성에 의해 우리의 행위에 완강히 저항한다. 그런 훈련은 매일 해볼 수도 있다. 그렇게 해서 얻은 인내심을 나중에 사람에게 적용해 보는 것이다. 무생물이 그런 작용을 하듯이 우리에게 방해가 되는 사람들도 그들의 천성에서 나오는 엄격한 필연성에 의해 그럴 수밖에 없다는 걸 익히게 될 것이다. 그러니 그들의 행위에 화를 내는 것은 우리 앞에 굴러온 돌멩이를 보고 화를 내는 것과 마찬가지로 어리석은 짓이다.

행복은 타인의 판단에 좌우되지 않는다

타인에게서 존경을 받는 삶이 궁극적인 목표라면 그 인생은 안타깝게도 너무나 어리석다는 걸 증명해 줄 뿐이다. 타인의 판단을 너무 중요시하는 것은 지나친 망상이다. 이러한 망상은 우리의 본성에도 뿌리 박고 있지만 사회와 문명의 변화 속에서도 생겨났을 것이다. 그러한 망상은 우리의 행위 전체에 엄청난 영향을 미치고 우리의 행복에 해로운 작용을 한다. '남들이 뭐라고 할 것인가'의 노예가 되어 시종 불안에 사로잡혀 살기 때문이다.

자긍심을 잘 지키려면

자긍심은 자칫하면 심한 비판을 받거나 비난을 듣기도 한다. 자랑할 만한 것이 아무것도 없는데도 뻔뻔한 자긍심을 갖고 있는 사람들이 주로 그런 경우다. 그런 사람들의 몰염치와 뻔뻔스러움에 맞서기 위해서는 자신의 장점을 늘 염두에 두는 것이 필요하다. 자신의 장점을 겸손하게 무시해 버리고 그들과 완전히 동류인 것처럼 처신하면 그들은 아무 생각 없이 당신을 즉각 자신들과 같은 사람으로 간주할 것이다.

타인의 좋은 평가는
자신의 허영심만을 충족시킬 뿐이다.

6

재물과 행복

지나친 재산은 행복에 방해가 된다

남아돌 정도의 부는 행복에 그다지 도움이 되지 않는다. 부자들 중 많은 사람이 불행하다고 느끼는 것도 그 때문이다. 지적 교양도 없고 지식도 없어 정신적인 일을 할 만한 소양을 갖추지 못하면 외부 세계에 대해서도 별다른 흥미를 느끼지 못하기 때문이다. 우리에게 실제로 필요한 것 이상의 부는 우리의 행복감에 그다지 영향을 미치지 못한다. 오히려 많은 재산을 유지하느라 쓸데없는 걱정을 해야 하므로 행복을 즐기는 데 방해가 될 뿐이다.

지적인 재산보다 재물을 얻기 위해
수천 배 더 노력하는 사람들

내면을 이루고 있는 것이 소유하고 있는 것보다 우리의 행복에 훨씬 기여한다. 그런데도 사람들은 지적 교양을 갖추기보다는 재물을 얻기 위해 수천 배 더 노력한다. 이미 쌓은 부를 더 늘리기 위해 아침부터 밤까지 쉬지 않고 개미처럼 일하는 사람들이 많이 있다. 그들은 재물의 영역을 벗어나서는 아는 것이 거의 없다. 정신이 텅 비어 있어서 다른 모든 것에 둔감하다. 그래서 그들은 최고의 향유인 정신적 향락을 맛볼 수가 없다.

재산이 최고의 가치를 발휘하는 경우

물려받은 재산이 최고의 가치를 발휘하는 경우는, 유산 상속자가 높은 정신력을 타고나 돈벌이와 전혀 관계없는 일을 추구하는 경우다. 그는 운명으로부터 이중의 행운을 선사받아 자신의 창조적 재능에 따라 살아갈 수 있다. 따라서 다른 사람이 할 수 없었던 일을 성취하고, 전 인류에 도움이 되는 일을 해냄으로써 자신의 책무를 백 배로 갚을 수 있다. 또 어떤 사람은 그런 행운을 이용해 희생적인 노력을 함으로써 인류에 큰 발자취를 남길 수 있다.

재산이 많다고 행복한 건 아니다

물려받은 재산이 아무리 많아도 빈둥거리며 무위도식하는 사람은 경멸을 받아야 마땅하다. 그런 사람은 행복해질 수도 없다. 궁핍을 면한 대신 인간적 비참함의 또 다른 극인 무료함에 시달리기 때문이다. 그런 사람은 차라리 궁핍해서 바쁘게 일했다면 훨씬 더 행복했을지도 모른다. 무료함은 자칫하면 극단으로 치닫게 하여, 다른 희망마저 앗아갈 수도 있다.

자신의 것을 남의 것과 비교하지 말고 즐기도록 하라.
다른 사람의 행복에 대해 괴로워하는 자는 결코 행복하지 못할 것이다.

7

지혜에
대하여

민족적 자긍심은 값싸다

세상에서 가장 값싼 종류의 자긍심은 민족적 자긍심이다. 민족적 자긍심에 사로잡힌 사람은 내세울 만한 개인적 장점의 부족을 스스로 드러내고 있는 것이다. 그렇지 않다면 수백만 수천만의 사람과 공유하는 것을 굳이 손에 넣으려고 할 턱이 없다. 의미 있는 개인적 장점을 지닌 사람은 오히려 자국민의 결점을 파악하고 있으므로 자신의 민족이 지닌 단점을 가장 잘 인식할 것이다. 하지만 세상에 무엇 하나 자랑할 만한 게 없는 가련한 멍청이는 자기가 속한 민족을 자랑하는 최후의 수단으로 붙드는 것이다. 그럼으로써 그는 자국민 특유의 온갖 결점과 어리석음을 필사적으로 옹호하려고 한다.

각자의 개성이 민족성보다 훨씬 중요하다

민족성보다 훨씬 중요한 것은 각자의 개성이다. 모든 인간에게 있어 개성은 민족성보다 천배 이상 고려할 가치가 있다. 민족성이란 집단에 관해 일컫는 것이므로 어떠한 경우도 결코 좋은 평판을 듣지는 못할 것이다. 인간의 편협함, 불합리함, 이기심이 나라마다 다른 특성으로 나타나는 것이 바로 민족성이기 때문이다.

행복은 꿈에 불과하지만 고통은 현실이다

아리스토텔레스는 "분별 있는 사람은 쾌락이 아닌 고통 없는 상태를 추구한다."고 말했다. 이 명제의 진실은 모든 쾌락과 행복은 소극적인 성질을 띠는 반면, 고통은 적극적인 성질을 띤다는 데 있다. 몸 어디에 작은 상처만 있어도 자신이 건강하다는 것은 의식되지 않고 그 상처의 통증에만 온 신경이 쓰여 유쾌한 기분을 가질 수가 없다. 마찬가지로 모든 일이 뜻대로 진행되더라도 한 가지 일이 마음먹은 대로 풀리지 않으면 그것이 아무리 하찮은 일이라도 뇌리를 떠나지 않는다. 계속 그 일만 생각하며 뜻대로 진행되는 다른 더 중요한 일은 거의 생각하지 않는다. 아리스토텔레스의 명제가 가르치는 것은, 삶의 쾌락이나 안락에 주목하지 말고 오히려 수많은 재앙을 피하려 노력하라는 것이다.

끝에 가서야 전체를 볼 수 있다

나그네가 언덕에 올라와서야 비로소 자기가 걸어온 온갖 굽은 길을 살펴보며 깨달을 수 있는 것처럼, 우리도 인생의 한 시기나 생애의 끝에 가서야 비로소 자신이 쌓은 업적, 결과의 참된 연관성, 그것들의 가치를 제대로 인식할 수 있다. 우리는 매 순간 바로 지금 타당하고 적절하다고 생각되는 일을 하면서 필연적으로 행동하고 있을 뿐이다. 하지만 결과를 보고서야 일이 어떻게 되었는지 알 수 있고, 전체적인 연관성을 되돌아보고서야 그것이 어떤 방법으로 일어났는지를 제대로 깨달을 수 있다.

타인의 행복을 괴로워하는 사람은
행복해질 수 없다

질투는 인간의 자연스러운 감정이다. 그럼에도 질투는 악덕인 동시에 불행이다. 우리는 질투를 행복의 적으로 간주하고, 악마처럼 물리쳐야 한다. 이에 대해 세네카는 멋진 말로 우리에게 충고해 준다.

자신의 것을 남의 것과 비교하지 말고 즐기도록 하라. 다른 사람의 행복에 대해 괴로워하는 자는 결코 행복하지 못할 것이다.

많은 사람이 너보다 앞서 있다고 생각하지 말고, 많은 사람이 너보다 뒤처져 있다고 생각하라.

소크라테스는 이렇게 말했다

소크라테스는 자주 논쟁을 벌였기 때문에 폭행을 당하는 경우도 더러 있었다. 하지만 그는 의연히 견뎌냈다. 한번은 그가 발길에 차이고도 끈기 있게 참고 있자, 사람들이 놀라 그를 쳐다보았다. 그는 사람들에게 이렇게 말했다. "내가 노새에게 차였다고 해서 노새를 고소하겠는가?" 또 한번은 어떤 사람이 소크라테스에게 "저 사람이 당신을 모욕하고 비방하지 않습니까?" 라고 말했더니 "아닐세, 저 사람이 하는 말은 나에게 해당되는 말이 아닐세." 라고 대답했다.

미움보다 질투를 누그러뜨리기가 더 어렵다

우리보다 형편이 나은 사람보다 형편이 나쁜 사람을 자주 살펴보는 것이 좋다. 그리고 실제로 재앙이 닥쳤을 경우 가장 효과적인 위안이 되는 것은, 우리의 고통보다 더 큰 고통을 바라보는 일이다. 그런 다음엔 우리와 같은 고통을 겪고 있는 사람들, 불행의 동료들과 어울리는 일이다. 미움보다 질투를 누그러뜨리기가 더 어렵다. 그러므로 우리는 질투를 불러일으키지 않도록 끊임없이 노력해야 한다.

결정을 내린 다음엔
생각의 서랍을 자물쇠로 채워 두어라

어떤 계획을 실천에 옮기기 전에 충분히 검토해 보는 것이 좋다. 모든 것을 철저히 심사숙고한 뒤에도 인간의 인식은 불충분할 수 있다는 걸 염두에 두고, 모든 계산이 꼬여 버릴 수 있는 상황이 여전히 생길 수 있음을 인정해야 한다. 하지만 일단 결정을 내리고 일에 착수한 다음에는 모든 일이 되어가는 대로 맡기고 결과만 기다리면 된다. 이미 시작한 일을 끊임없이 곱씹거나 앞으로 일어날지도 모르는 위험을 자꾸 우려하며 불안해 하기보다는 오히려 이제 그 문제를 깨끗이 잊고, 모든 것을 제때에 충분히 생각했다는 확신을 품은 채 편안한 마음으로 그 문제에 관한 생각의 서랍을 자물쇠로 꽁꽁 채워 두는 것이 좋다.

징계를 받지 않고는 배울 수 없다

이미 어떤 불행한 사건이 일어나 더 이상 어찌할 수 없게 된 경우, 이렇게 되지 않을 수도 있었을 텐데, 어떻게 하면 그 일을 미연에 방지할 수 있었을까 하는 생각은 하지 않는 것이 좋다. 그렇다면 어떤 일이 일어나는 것은 모두 필연적이라는 진리를 마음에 새기면서 숙명론적 입장으로 도피하는 수밖에 없을 것이다. 불행한 일이 일어났을 때 그런 태도는 우리의 마음을 가라앉혀 주는 데 도움이 된다. 하지만 어떻게 하면 예방할 수 있을지 거듭 생각해 보는 것도 우리의 앞날을 위한 유익한 자기 징계가 될 것이다. 명백히 실수를 저질렀다면 자신을 변명하거나 축소하려고 해서는 안 된다. 오히려 잘못을 깨끗이 인정하고, 얼마나 큰 실수를 저질렀는지 확실히 따져 앞으로는 그러지 않겠다는 굳은 결심을 하는 것이 좋다. 자신에게 커다란 고통을 가하더라도 "징계를 받지 않고는 배울 수 없다."는 걸 알아야 한다.

아침 시간을 신성시해야 한다

아침은 정신적인 일이나 육체적인 일, 그 어떤 일을 하기에도 모두 적합하다. 아침은 하루 중의 청춘에 해당하기 때문이다. 모든 것이 새롭고 명랑하며 경쾌하다. 에너지가 충만해 뭐든지 잘 처리할 수가 있다. 그러므로 늦잠을 자서 아침을 단축시키거나 하찮은 일과 잡담으로 시간을 허비하지 말고, 아침을 인생의 정수라 여기며 신성시해야 한다. 반면에 밤은 하루 중 노년에 해당한다. 밤이 되면 힘이 빠지고 말이 많아지며 경솔해진다. 하루하루가 조그만 일생이라고 할 수 있다. 잠드는 것은 매일의 죽음이고, 깨어나는 것은 매일의 출생이다. 그렇게 출생과 죽음으로 하루하루를 마감하는 것이다. 그러니 아침에 깨어나는 어려움을 출생의 고통과 비교해 쉽게 해낼 수 있어야 한다.

잃어버리고 나서야 가치를 알게 된다

우리는 자신이 갖지 않은 것을 보면 곧잘 '이게 내 것이면 어떨까?' 하는 생각에 아쉬워한다. 하지만 그 대신에 가끔 '이게 내 것이 아니라면 어떨까?' 라고 물어보는 것이 좋을 것이다. 우리가 지니고 있는 것을 잃고 나면 어떤 기분이 들까 하는 측면에서 생각하도록 노력하라는 말이다. 무엇이든 잃어버리고 나서야 그 가치를 알기 때문이다.

그러나 위의 말처럼 하면 현재 소유하고 있다는 사실에 즉시 예전보다 더 행복해질 것이고, 잃어버리지 않도록 신중하게 처신할 것이다. 우리는 때로 우울한 현재를 밝게 하려고 애써 긍정적으로 생각하거나 희망을 가져보기도 한다. 그러나 이런 희망은 환멸을 품고 있어서 냉혹한 현실에 산산이 부서질 수도 있다. 그러므로 불행한 일이 일어날 가능성을 늘 생각해 두는 것이 더 낫다. 그러면 미리 예방책을 강구하게 되고, 나쁜 일이 일어나지 않으면 뜻밖에도 기분이 좋아질 것이다.

나아가 큰 재난을 때때로 눈앞에 그려 보는 것도 좋다. 그러면 나중에 훨씬 작은 재난을 실제로 당했을 때 그래도 큰 재난을 당하지 않았다는 사실에 안도하면서 견디기가 훨씬 수월할 것이다.

외부에서 강제가 가해지기 전에
자기 강제 방법을 쓰는 것이 좋다

외부로부터 가해지는 강제를 피하려면 무엇보다 자기 강제 방법을 쓰는 것이 가장 좋다. '모든 것을 네게 복종시키려면 우선 너 자신이 이성에 복종하라.' 라는 세네카의 말은 바로 그런 사실을 말해준다. 그렇게 하면 우리는 언제라도 자기 강제를 적당히 조절할 수 있으며, 극단적인 경우나 가장 예민한 문제와 관련되는 경우에도 유연하게 조절할 수 있다. 반면 외부에서 가해지는 강제는 냉혹하고 인정사정없으며 무자비하다. 그러므로 외부에서 강제가 가해지기 전에 자기 강제에 의해 선수를 치는 것이 현명하다.

인간의 욕구는 노력하는 것

각자 자신의 능력 정도에 따라 무언가 행하도록 하라. 계획에 따라 활동하거나 어떤 일을 하지 않으면 우리에게 얼마나 나쁜 영향을 미치는지는 장기간 쉬어 볼 때 잘 알 수 있다. 굉장히 불행하다는 느낌이 들기 때문이다. 그건 아무 일도 하지 않음으로써 자신의 자연스러운 본질적 특성에서 멀어지게 만들기 때문이다. 두더지의 욕구는 땅을 파는 것이듯 인간의 욕구는 애써 노력하는 것이며, 저항할 것인가 말 것인가로 싸우는 것이다.

사유하는 것에도
긴장과 휴식이 필요하다

사유한다는 것은 바로 뇌의 유기적 기능이므로, 다른 모든 유기적 활동과 마찬가지로 긴장과 휴식이 있어야 한다. 지나치게 긴장하면 눈을 해치듯이 뇌도 손상시킨다. 위가 소화를 시키듯 뇌도 사유를 한다. 그러나 영혼은 뇌 속에 들어 있어서 세상의 어떤 것도 필요로 하지 않으며 언제나 사고에만 종사해 지칠 줄 모르는 비물질이라는 생각은 잘못된 것이다. 그런 생각으로 많은 사람들이 자신의 정신력을 마구 소모해 무디게 만들어버린다. 정신력 또한 어디까지나 생리적 기능이므로 어리석게 소모해서는 안 되며, 모든 신체적 질환과 부조화는 어느 부분에서 발생하더라도 정신에 영향을 준다는 걸 알아야 한다.

왜 평범한 사람들은 사교적인가

서로가 이질감을 느끼는 사람들 사이에는 한쪽에서 하는 말이 상대방의 마음에 들지 않고, 그중에는 상대방을 화나게 하는 말도 적지 않을 것이다. 반면 동질적인 사람들 사이에는 무슨 말이든 바로 일치감을 느끼게 되고, 나아가 완벽한 화음으로 융합할 것이다. 이런 사실을 보면 첫째, 왜 매우 평범한 사람들은 대부분 그렇게 사교적이고 어디를 가나 쉽게 교제 상대를 발견하는가 하는 점이 설명될 수 있다. 그것도 꽤 괜찮고 사랑스러운 사람들을 말이다. 그런데 비범한 사람들에게는 그 반대의 결과가 나타난다. 탁월한 사람일수록 그 사실은 더하다. 그래서 다른 사람에게서 아무리 작은 것이라도 자신과 동질적인 점을 찾아낼 수만 있어도 큰 기쁨으로 여긴다.

비슷한 사람들끼리는
멀리서도 서로를 알아본다

원래 위대한 정신의 소유자들은 독수리처럼 높은 곳에 홀로 둥지를 트는 법이다. 그런 사실을 보면, 같은 뜻을 가진 사람들이 서로가 자석에 이끌리듯 모여드는 것이 쉽게 이해된다. 비슷한 사람들끼리는 멀리서도 서로를 알아보기 때문이다. 물론 생각이 저열한 사람들한테서 그런 경우를 가장 많이 볼 수 있다. 그 이유는, 그런 사람들은 세상에 너무나 많이 있지만, 위대하고 뛰어난 정신의 소유자들은 드물기 때문이다.

인간은 거대한 천체의 운행을 보잘것없는 자아와 관련시킨다

모든 것을 자신과 관련 짓고, 어떤 사상도 곧바로 자신과 관련해 생각하는 가엾은 인간의 주관성을 명백히 입증해 주는 것은, 거대한 천체의 운행을 보잘것없는 자아와 관련시키고, 하늘의 혜성도 지상의 분쟁이나 하찮은 일과 연결시키는 점성술이다. 그런데 이러한 일은 어느 시대에나, 심지어 아주 먼 옛날에도 이미 행해졌다.

자연은 서투른 글쟁이와 다르다

자연은 서투른 글쟁이와 다르다. 서투른 글쟁이는 악당이
나 바보를 묘사할 때 모든 인물의 배후에 작가가 있는 것이 보
이도록 어설프게 작업한다. 작가는 이들의 주장이나 말을 끊임
없이 부인하며 '이자는 악한이고, 저자는 바보니까 저들이 하는
말을 믿지 마세요!' 라고 경고의 목소리로 외친다. 반면에 자연
은 그 작업을 할 때 셰익스피어나 괴테처럼 한다. 그들의 작품
에서는 작중인물들이 설사 악마라 하더라도 독자들로 하여금
그들의 말을 옳다고 믿게 만든다. 작중인물들이 너무나 잘 객
관적으로 파악되어 있어서 그 이해관계에 이끌려 가지 않을 수
없기 때문이다. 그 인물들은 마치 자연의 창조물들과 마찬가지
로 내적인 원칙에서 전개된다. 그 원칙에 의해 인물의 말과 행
동이 자연스럽게, 때로는 필연적인 것으로 나타난다.

허세는 경멸을 불러일으킨다

어떤 허세도 부려서는 안된다. 허세는 언제나 경멸을 불러일으킨다. 첫째로, 허세는 기만인데, 기만은 두려움 때문에 생기는 것이므로 그 자체로서 비겁하다고 할 수 있다. 둘째로, 허세는 자신을 감추고 다른 모습으로 꾸며 자신의 실제 모습보다 더 낫게 돋보이려고 하는 것이므로 스스로에게 내리는 유죄 선고다. 어떤 장점을 지니고 있는 듯 허세를 부리고, 그것으로 뻐기는 것은 그런 것을 지니고 있지 않다는 자기 고백이나 마찬가지다. 용기든 학식이든, 정신이든 기지든, 여자들 사이의 인기든, 재산이든 고상한 신분이든, 그 밖의 무엇이든 간에 무언가를 가지고 허세를 부리는 것은 바로 그러한 점에 뭔가 부족한 면이 있음을 실토하는 셈이다. 사람이 정말로 어떤 장점을 완벽하게 지니고 있다면 그것을 겉으로 드러내며 허세를 부리려 하지 않고, 오히려 차분하게 담담한 태도를 취할 것이다.

외적인 과시보다 충실한 개가
꼬리를 흔드는 것이 더 가치 있다

세상에는 참된 존경과 진실한 우정 대신, 외적인 과시와 그러한 것에 대한 존경, 그리고 거짓 우정을 모방한 거동들이 자연히 널리 행해지고 있다. 하지만 한편으론 정말로 참된 존경과 우정을 받을 만한 인물이 있는지도 의문스럽다. 어쨌든 나는 백 가지 과시나 거동보다 충실한 개가 꼬리를 흔드는 것에 더욱 가치를 부여하고 싶다.

불완전한 세상에도 참된 우정은 있다

참되고 진정한 우정이란, 친구의 행복과 불행에 대해 순전히 객관적이고 완전히 무심한, 그러나 진심 어린 관심을 가지는 것이다. 이러한 관심은 또한 친구와 실제로 일심동체가 되는 것을 의미한다. 이것을 방해하는 것이 있다면 그건 인간의 본성에 깃든 이기심이다. 참된 우정이란, 사실 엄청나게 큰 바다뱀처럼 지어낸 이야기거나 실제로 존재하는지도 알 수 없는 그런 것인지도 모른다. 인간들 사이의 관계는 다양한 종류의 이기적 동기에 의한 것임이 너무도 분명하지만, 이 불완전한 세상에는 그래도 우정이라고 부를 수 있는 참되고 진정한 관계가 어느 정도 존재한다고 볼 수 있다. 하지만 그런 우정은 우리가 알고 있는 일반적인 관계보다 훨씬 차원 높은 것이다.

인간의 본성은 감각적이다

인정하기 어려운 말이지만, 친구끼리 멀리 떨어져 있거나 오랫동안 만나지 못하면 우정에도 문제가 발생한다. 서로가 만나지 못하고 있으면 아무리 친한 사이라 하더라도 세월의 흐름과 함께 우정도 점차 추상적인 색깔을 띠며 메말라 가고, 서로에 대한 관심은 점점 단순히 머리로만, 습관적인 것으로만 변해 간다. 애완동물의 경우에서도 알 수 있지만, 바로 눈앞에 보이는 대상일수록 진심에서 우러나오는 생생한 관심을 보이는 게 사람의 마음이다. 그처럼 인간의 본성이란 감각적이다.

타인이 불신할 때 분노하지 말라

타인을 신뢰하는 데 있어 가장 큰 문제를 초래하는 것은, 태만과 사욕과 허영이다. 스스로 조사해 보지 않고 남을 신뢰한다면 그건 태만한 것이다. 자신의 문제를 이야기하고 싶은 욕구에 이끌려 남에게 털어놓는다면 그건 사욕이 작용한 것이다. 남에게 털어놓는 것이 자기 자신을 자랑하기 위한 목적이라면 그건 허영이 발동한 것이다. 반면 타인이 우리를 불신한다고 해서 분노하지 않는 것이 좋다. 왜냐하면 그러한 불신은 우리의 솔직함을 칭찬하는 말이고, 그런 솔직함이 대단히 드물다는 것을 인정하는 말이기 때문이다.

예의란 미소 짓는 가면에 불과하다

모욕은 본질적으로 무시한다는 표시를 나타내는 경우다. 우리가 자신의 가치와 품위를 너무 높게 생각해 터무니없는 자만심을 품지 않는다면, 그리고 사람들이 일반적으로 다른 사람에 대해 마음속으로 어떤 생각을 품고 있는지 분명히 안다면, 모욕을 느껴 자존감을 다치는 경우가 더 적어질 것이다. 대부분의 사람들은 자신을 비난하는 말을 조금이라도 들으면 극도로 예민하게 반응한다. 하지만 일반적인 예의란 그저 미소 짓는 가면에 불과하다는 사실을 알고 있어야 한다. 그러면 어쩌다 가면의 위치가 바뀌거나 가면이 한순간 벗겨진다 해도 큰 소리로 비명을 지르거나 마음에 상처를 입지는 않을 것이다.

감정을 상하게 하기는 쉽지만
되돌리기는 어렵다

타인의 견해를 반박하지 않는 것이 좋다. 대화를 나눌 때 서로가 비록 호의를 갖고 있는 사이라 하더라도 남의 잘못을 지적하는 말은 절대 하지 말아야 한다. 사람의 감정을 상하게 하기는 쉽지만, 상한 감정을 되돌리기는 어렵기 때문이다. 만약 상대가 어처구니없는 말을 해서 화가 난다면, 두 사람의 익살광대가 지금 희극을 연기하고 있다고 생각하는 것이 좋다. 그것은 이미 오랫동안 효과가 검증된 방법이다.

예의는 밀랍에 열을 가하는 것과 같다

예의란 서로의 도덕과 지성이 부족한 것을 보고도 못 본 체 하며, 그것을 들추어내지 말자는 무언의 합의다. 노출되지 않으면 서로에게 이익이 되는 것이다. 따라서 예의는 현명한 행위이고, 무례는 어리석은 행동이다. 쓸데없이 경솔하게 적을 만드는 것은 자기 집에 불을 지르는 행위와 마찬가지로 미친 짓이다. 밀랍은 성질이 딱딱하고 부서지기 쉽지만, 조금만 열을 가하면 말랑말랑해져 마음대로 어떤 형태로든 만들 수가 있다. 그런 것처럼 고집 세고 거친 사람에게도 약간의 예의와 친절을 베풀면 부드럽고 호의적인 사람으로 만들 수가 있다. 예의는 인간들 사이에서 열이 밀랍에 하는 것과 같은 작용을 한다.

세상을 지배하는 세 가지 힘

'세상을 지배하는 세 가지 힘이 있다.'는 옛말은 매우 적절하다. 그것은 현명함과 강인함과 운이다. 그중 운이 가장 큰 역할을 하는 것 같다. 우리의 인생행로는 항해하는 배에 비유할 수 있기 때문이다. 그때 행운이나 불운은 바람의 역할을 하면서, 우리를 빨리 앞으로 나아가게 하거나 뒤로 멀리 되돌려 보내기도 한다. 그에 비해 우리 자신의 노력이나 지혜는 큰 효력을 발휘하지 못한다. 노력은 그때 노의 역할을 한다. 오랫동안 힘껏 노를 저어 앞으로 나아가면 갑자기 돌풍이 불어와 배를 원래 자리로 되돌려 놓는다. 그러나 그것이 순풍이라면 노가 필요하지 않을 정도로 우리의 배를 멀리 데려다 놓는다.

인생행로는 두 가지 요인의 결과물이다

우리의 인생행로는 스스로의 선택으로만 만들어지는 것이 아니라 두 가지 요인, 즉 언제나 서로 맞물려 서로를 변화시키는 수많은 일과 수많은 선택의 결과물이다. 더구나 이 두 가지를 보는 우리의 시야는 너무 협소하다. 그래서 우리는 선택을 미리 예측할 수 없고, 결과는 더욱 예상할 수 없다. 두 가지 중에서 우리가 알 수 있는 것은 현재의 결정과 현재의 일밖에 없다. 때문에 우리의 목적지가 아직 멀리 떨어져 있을 때는 방향을 제대로 잡아 나아갈 수 없고 대충 추측해서 그쪽으로 갈 수밖에 없다. 때로는 배의 키를 반대 방향으로 돌려야 할 때도 생긴다. 다시 말해 우리는 언제나 목적지에 다가갈 거라는 희망을 품고 현재 상황에 따라 결정을 내릴 수밖에 없다. 그러므로 일어나는 일과 우리의 선택은 서로 다른 방향으로 끌어당기는 두 개의 힘에 비유할 수 있다. 그리고 거기에서 생겨나는 대각선이 우리의 인생행로다.

두뇌보다 더 현명한 것

우리의 인생행로에는 우리가 논의하는 모든 것을 넘어서는 무언가가 있다. 그것은 너무나 자주 확인되는 진실인데, 우리가 생각 이상으로 어리석다는 사실이다. 반면에 우리는 가끔 자신의 생각 이상으로 현명하기도 한데, 그런 발견을 했을 때는 이미 늦은 다음이다. 우리에게는 두뇌보다 더 현명한 무언가가 있다. 다시 말해 인생행로의 커다란 국면에 닥칠 때면 무엇이 옳은지 그른지 분명히 인식하고 행동하는 것이 아니라, 우리 존재의 저 깊은 바닥에서 나오는 내적인 충동, 즉 본능에 따라 행동하는 것이다.

내면적 충동이 일깨우는 것

내면적 충동은 깨어나면 잊어버리는 예언적인 꿈들 속에서 무의식적으로 영향을 받는 것인지도 모른다. 꿈들은 우리의 삶에 음조의 균일성과 극적인 통일성을 부여하기도 한다. 우리의 삶은 너무나 혼란스럽고 변화무쌍하기 때문에 두뇌의 인식만으로는 삶에 그런 균일성과 통일성을 줄 수 없을 것이다. 예컨대 이러한 균일성과 통일성으로 특정한 종류의 위대한 성과를 내도록 어릴 때부터 부름을 받은 사람은 내적으로 은밀히 그런 사실을 느끼며, 꿀벌이 조금씩 벌집을 만들어 가듯 그것을 목표로 노력할 것이다.

모든 일의 반대를 상상해 보라

세월의 흐름과 사물의 덧없음을 늘 염두에 두고 지금 일어나는 모든 일의 반대를 상상해 보는 것이 좋다. 행복할 때는 불행을, 호감에는 적대감을, 화창한 날씨에는 나쁜 날씨를, 사랑에는 미움을, 신뢰할 때는 배신과 후회를 생생하게 그려 보는 것이다. 그리고 반대 경우에도 마찬가지로 해보는 것이 좋다. 이렇게 하면 우리는 언제나 분별 있게 행동하게 되고 쉽게 속아 넘어가지도 않을 것이다. 그것이야말로 이 세상을 사는 가장 지혜로운 태도일 것이다.

호전될 가능성이 있는 한 저항해야 한다

위험한 일의 결말이 어떻게 될지 아직 모를 때는, 그리고 호전될 가능성이 있는 한, 두려워하지 말고 저항해야 한다. 마찬가지로 하늘에 푸른 부분이 조금이라도 있는 한 날씨를 의심하지 않아야 한다. 인생 자체가 겁먹고 떨며 움츠러들 만큼 대단한 것이 아니다. 하물며 인생의 재물은 말할 것도 없다. 그러나 지나침은 경계해야 한다. 용기가 무모함으로 변질될 수 있기 때문이다. 오히려 어느 정도의 두려움은 세상을 살아가는 데 필요하다. 겁은 단지 두려움이 지나친 것이다. .

시간을 가불해 쓸 경우

결과를 예견하여 시간을 앞질러 무언가를 취하려는 일은 이론적으로만 해야지 실제로는 하면 안된다. 시간을 채워야만 완성해낼 수 있는 어떤 것을 시간이 되기도 전에 요구해서는 안된다는 말이다. 시간보다 더 고약하고 몰인정한 고리대금업자는 없다. 시간은 미리 가불해 쓰고 나면 유대인보다 더 높은 이자를 요구하기 때문이다. 일테면 생석회와 열을 이용해 나무를 키우면 며칠 만에 잎과 꽃이 나오고 열매를 맺을 수 있다. 하지만 나무는 금방 말라 죽어 버린다. 젊은이가 서둘러 성인의 생식력을 발휘하려고 한다거나, 서른 살이 되어야 잘 해낼 수 있을지 모를 일을 열아홉 살에 해내려고 한다면 시간은 어쨌든 가불을 해줄 것이다. 그러나 그가 미래에 갖게 될 에너지의 일부, 즉 그의 생명의 일부는 이자로 나가게 된다.

지금 당장 병이 낫기를 요구한다면

모든 병이 제대로 낫기 위해서는 각각에 필요한 적절한 시간이 흘러가야 한다. 그런데 지금 당장 건강해지기를 요구하면 시간도 틀림없이 가불을 해주기는 할 것이다. 하지만 병이 퇴치된다 하더라도 그에 대한 이자를 물어야 한다. 남은 평생 허약함과 만성질환을 달고 살아야 하는 것이다. 일정하게 흘러가는 시간의 발걸음을 재촉하는 것은 대단히 값비싼 계획인 셈이다. 그러므로 시간에 이자를 빚지지 않도록 조심해야 한다.

어떤 일을 당해도
처음부터 담담하게 대하라

어떤 돌발사건이 일어나더라도 크게 기뻐하거나 크게 슬퍼하지 않는 것이 좋다. 모든 일은 변화할 가능성이 있기 때문에 언제라도 사건이 달라질 수 있고, 또한 무엇이 유리하고 무엇이 불리한지 우리가 잘못 판단할 수 있기 때문이다. 따라서 크게 슬퍼했던 일이 나중에 최상의 일로 드러났다거나 크게 기뻐했던 일이 나중엔 오히려 커다란 고통의 씨앗이 되었던 것이 누구에게나 한번은 있었을 것이다. 셰익스피어도 이런 말을 남겼다. '갑작스런 기쁨이나 슬픔을 수도 없이 맛보았으니, 이젠 그런 일을 당해도 처음부터 담담하게 대한다.'

재난에 대처하는 통찰

어떤 재난 앞에서도 의연하게 대처하는 사람은 삶에서 일어날 수 있는 재해가 얼마나 엄청나고 많은지 잘 알고 있는 것이다. 그런 사람은 지금 겪고 있는 재난을 앞으로 닥칠 일의 아주 작은 일부분으로 생각한다. 이것은 스토아 철학의 신조인데, 이 신조에 의하면 우리는 인간이 처한 상황을 결코 잊어서는 안되고, 인간으로 생존하는 것이 얼마나 슬프고 애처로운 일인지, 또 인간이 얼마나 많은 재난에 노출되어 있는지를 항상 명심해야 한다. 이러한 통찰을 확인하려면 어디서나 주위를 한번 둘러보기만 하면 된다. 어디에 있든 생존을 위한 노력과 몸부림이 눈에 띌 것이다. 이러한 모습을 보면 우리는 상황의 불완전함에 순응하는 법을 배우고, 재난을 항상 주시하며 그것을 피하거나 참고 견디려고 할 것이다. 재난이란 크든 작든 우리 생활의 근본 요소이기 때문이다.

현명한 눈빛을 하고 있는 사람

화난 눈초리를 하고 있는 사람이 아니라 현명한 눈빛을 하고 있는 사람이 더 무섭고 위험해 보인다. 사자의 발톱보다 인간의 두뇌가 더 무서운 무기임은 말할 필요도 없다. 처세에 완벽한 사람이 있다면, 그건 결코 우유부단하지도 않고 급히 서두르지도 않는 사람일 것이다.

시냇물과 장애물

시냇물은 장애물을 만나지 않으면 소용돌이를 일으키지 않는다. 인간이나 동물도 우리의 의지에 따라 모든 일이 진행되면 그러한 사실을 제대로 눈치채거나 깨닫지 못한다. 우리는 의지에 따라 진행되었을 때가 아니라 어떤 장애물에 부딪혔을 때 그런 사실을 본능적으로 깨닫는다. 의지에 거슬리는 것, 의지를 가로막는 것, 불쾌하고 고통스러운 것은 금방 느낀다. 하지만 몸 전체의 건강은 느끼지 못하고 신발이 작아서 아픈 것만 느끼는 것처럼, 모든 일이 잘되어 가는 것은 생각하지 않으면서 성가시고 귀찮은 일만 생각한다. 그 이유는 고통이 적극적인 성질을 띠는 반면 쾌감이나 행복은 소극적인 성격을 띠기 때문이다.

배에 싣는 바닥짐처럼

대기에 압력이 없으면 우리의 신체가 파열해 버리는 것처럼, 인간의 삶에 고뇌와 결핍, 실패가 없다면 누구나 오만방자해져서 제어할 수 없을 정도의 어리석은 짓과 사악한 행위도 서슴지 않고 할 것이다. 배가 안전하게 똑바로 나아가기 위해 싣는 배의 바닥짐처럼 인간에게는 어느 정도의 고통과 걱정, 불안이 필요하다. 일과 고난은 거의 모든 인간이 평생에 걸쳐 짊어지고 가야 하는 것이다. 하지만 모든 소망이 생기자마자 곧바로 성취된다면 인생을 무엇으로 채울 것이며, 무엇으로 시간을 보내겠는가? 모든 것이 저절로 자라고, 비둘기가 구워진 채 날아다니며, 누구든 열렬히 사랑하는 연인을 만날 수 있는 천국에 산다면, 어떤 사람들은 무료해 죽어 버리거나 목을 맬 것이다. 또 어떤 사람들은 서로를 해치거나 죽이며 지금 이곳에서 자연이 우리에게 가하는 것보다 더 많은 고통을 맛볼 것이다.

시간과 교도관

시간은 항상 우리를 몰아대며 숨 돌릴 틈도 없게 만들고, 우리 뒤에서 채찍을 들고 서 있는 교도관과도 같다. 그로 인해 우리는 적지 않은 고통을 겪는다. 시간은 무료함에 사로잡힌 사람에게만 고통을 안겨 주는 것이 아니다.

현재에 몰입하라

인간과 비교해 볼 때 동물은 현재에 온전히 몰입한다는 점에서 어쩌면 더 현명한지도 모른다. 동물은 현재의 화신이다. 그래서 우리 인간은 평화로워 보이는 동물을 보면서, 걱정으로 불안에 시달리며 만족을 얻지 못하는 자신을 부끄럽게 여기기도 한다. 그런데 희망하고 기대했던 즐거움을 우리가 아무런 대가 없이 얻는 것은 아니다. 말하자면 희망과 기대를 통해 미리 만족감을 누리기 때문에 실제로 즐거운 일이 와도 그만큼 맛을 덜 느끼는 것이다. 결국 희망이나 소망 자체가 우리에게 만족을 주는 정도가 훨씬 줄어들게 된다.

자살을 결행하는 경우

우리가 육체적 고통을 심하게 겪고 있을 때는 온갖 다른 근심에 대해 무관심해진다. 건강의 회복에만 전력을 기울이기 때문이다. 마찬가지로 정신적으로 매우 심한 고통을 겪을 때는 육체적 고통을 느끼지 못한다. 육체적 고통을 무시하는 것이다. 그럴 때 쉽게 자살할 수가 있다. 극도로 심한 정신적 고통에 시달리면 자살에 따르는 육체적 고통이 하찮게 느껴지기 때문이다. 심각한 우울증에 사로잡혀 자살을 시도하는 사람들이 특히 그렇다. 그런 사람들은 자살을 결행함에 있어 어려울 게 아무것도 없다. 그래서 옆을 지키는 사람이 단 2분만 자리를 비워도 서둘러 삶에 종지부를 찍는 것이다.

계시는 없다

모든 인간의 운명이 그렇듯이 현자도 종교를 말할 때는 종종 이상한 알레고리나 신화로 표현하길 좋아한다. 하지만 그건 어디까지나 현자의 생각이지, 특별한 계시가 아니다. 계시는 존재하지 않는다. 그렇다면 결국 자신의 생각을 신뢰하며 살다가 죽든 남의 생각을 신뢰하며 살다가 죽든 매한가지다. 왜냐하면 인간은 언제나 인간적인 생각과 견해만 신뢰하기 때문이다. 그렇지만 인간은 대체로 자신의 생각을 믿기보다는 초자연적 계시가 있다고 사칭하는 사람들의 말을 더 믿으려 한다. 하긴 인간들 간의 지적 차이가 엄청나게 큰 것을 감안하면, 어떤 사람의 견해가 다른 사람에게는 계시로 들릴 수도 있을 것이다.

독자적 사고를 하는 사람과
책에만 매달리는 사람

독자적 사고를 하는 사람은 자신의 견해가 지닌 권위를 나중에야 알게 되는데, 그때 그 권위는 자신의 견해에 더욱 힘을 실어 주고 그것을 강화해 준다. 반면에 책에만 매달리는 사람은 다른 사람들에게서 주워 모은 견해들을 가지고 하나의 전체 체계를 만드는 셈이다. 따라서 그 체계는 서로 다른 재료로 짜 맞춘 로봇과 같은 것이 된다. 반면, 독자적 사고를 해서 만든 체계는 갓 태어난 살아 있는 인간과 같다. 그건 바로 인간이 태어나는 방식과 유사하기 때문이다. 말하자면 외부 세계가 사고하는 정신을 수태시킨 다음, 그 정신이 체계를 쭉 품고 있다가 밖으로 탄생시키는 것이나 마찬가지다.

전나무가 사과나무에게

가지가 늘어지고 꽃이 만발한 사과나무 뒤에 높게 자란 전나무가 뾰족하고 컴컴한 우듬지를 쳐들고 서 있었다. 사과나무가 전나무에게 말했다. "나를 완전히 뒤덮고 있는 수천 개의 아름답고 싱싱한 꽃들을 봐라. 그런데 너는 내보일 게 뭐가 있니? 검푸른 침밖에 없지 않니?" "하긴 맞는 말이야." 전나무가 대꾸했다. "하지만 겨울이 오면 너는 잎이 다 떨어지고 말겠지만 나는 그때도 지금 이대로의 모습으로 있을 거야."

어떤 사고를 품고 있는 건
눈앞에 애인이 있는 것과 같다

현재 어떤 사고를 품고 있다는 것은 눈앞에 애인이 있는 것과 같다. 우리는 이 사고를 결코 잊을 수 없듯이, 애인에게도 결코 무관심해질 수 없다. 하지만 애인도 눈앞에서 사라지면 잊어버리는 법! 아무리 멋진 생각이라도 적어 두지 않으면 다시 기억해내지 못할 정도로 완전히 잊어버릴 위험이 있듯이, 애인도 붙잡아 두지 않으면 달아날 위험이 있다.

어떤 책이 읽을 만한 가치가 있을까

글의 소재를 자신의 머리와 가슴에서 직접 끄집어내는 사람의 글만이 읽을 만한 가치가 있다. 평론가, 편람 집필자, 평범한 역사가 등은 여러 책에서 직접 소재를 취한다. 말하자면 소재가 머릿속에서 통행세도 안 내고, 검열도 받지 않으며 여러 책에서 집필자의 손가락으로 옮겨가는 것이다. 심지어 가공조차 거치지 않을 때도 있다. (그가 자신의 책에 쓰여 있는 것을 다 안다면 얼마나 박식하겠는가!) 때문에 그들의 글은 때로 의미가 매우 막연해서, 그 뜻을 알아내느라 골치를 앓다가 결국 헛수고로 끝날 때도 많다. 그들은 사실 아무것도 생각하지 않고 쓰는 것이다. 따라서 그런 사람들이 베껴 쓴 책은 가급적 읽지 않는 것이 좋다.

엉터리들의 주장이 어디서나 판치고 있다

최근에 나온 말이 항상 옳은 말이고, 나중에 쓴 글은 모두 이전에 쓴 것을 개선한 글이며, 모든 변화가 진보라고 믿는 것만큼 어리석은 생각은 없다. 진정으로 사고하는 사람들, 올바로 판단하는 사람들, 진지하게 문제를 대하는 사람들은 모두 예외에 속하지만, 세상은 대체로 어디서나 버러지 같은 인간들의 주장이 일반적 규칙이 되고 있다. 이런 사람들은 전자의 사람들이 충분히 숙고해서 열심히 쓴 글을 언제나 자기 식으로 개선하겠다면서 결국 조잡하게 만들고 만다. 그러므로 어떤 문제에 대해 배우고자 한다면, 학문이란 언제나 진보한다고 주장하는 서적들, 그리고 이전의 책들을 이용해 대뜸 그 문제를 새로 다룬 최신 서적들은 집어 들지 않도록 조심해야 한다.

새로 나온 책과 베스트셀러를 조심하라

때로는 옛날의 훌륭한 책이 최근의 나쁜 책에 밀려나기도 하고, 돈 때문에 집필되고 베스트셀러가 된 책에 의해 추방당 하기도 한다. 학문에서는 누구나 자신을 내세우기 위해 새로운 것을 시장에 내놓으려고 한다. 하지만 그 저의는 지금까지 통용 되던 옳은 것을 넘어뜨리고 자신의 허튼 생각으로 대신하려는 데 있을 뿐이다. 가끔은 단기간 그런 방법이 성공하기도 하지만 결국 옛날의 옳은 것으로 되돌아가게 마련이다.

관계의 역설

교제에서 우월함이 생기는 것은, 어떤 식으로든 상대방이 필요하지 않다는 사실을 드러내 보일 때다. 때문에 상대 없이도 잘 지낼 수 있다는 사실을 이따금 상대에게 느끼게 해주는 것도 좋다. 그러면 우정이 돈독해진다. 또한 가끔씩 상대방을 약간 무시하는 듯한 태도를 취해도 별 문제가 생기지 않는다. 오히려 그럴수록 서로가 우정을 더욱 중요시한다. '존경하지 않는 자는 존경받는다.'는 이탈리아 속담이 있다. 예컨대 어떤 사람이 실제로 매우 존경받을 만한 경우라도 마치 범죄라도 되는 듯 그런 사실을 그에게 숨겨야 한다. 그리 유쾌한 태도는 아니지만 틀린 말은 아니다.

독서를 통해 글 쓰는 방법

글을 쓰는 사람에게는 설득력과 다양한 비유 능력, 대담하거나 신랄하게 표현하는 성향, 우아하거나 재치 있게 묘사하는 특성 등이 있다. 그런데 이런 재능을 지닌 작가의 책을 읽는다고 해서 아무나 그런 것을 획득할 수는 없다. 그러나 소질과 잠재력을 지니고 있는 사람은 독서를 통해 내면에 있는 자신의 특성을 의식할 수 있고, 자신도 할 수 있다는 걸 알게 된다. 그런 다음엔 실제로 써 보면서 올바른 방법을 습득하게 된다. 독서를 통해 글 쓰는 법을 배우려면 이런 방법밖에 없다.

독자의 어리석음

시대와 국가를 넘어 극히 고귀하고 드문 정신의 소유자가 쓴 다양한 분야의 작품을 읽지 않고 방치하는 독자의 어리석음과 게으름은 도저히 믿을 수 없을 정도다. 사람들은 단순히 이제 막 인쇄되고 잉크가 채 마르지 않았다는 이유로, 매일같이 쏟아져 나오는 평범한 졸작들, 매년 파리 떼처럼 무수히 생겨나는 졸작들을 읽으려고 한다. 그러나 이런 작품들은 몇 해만 지나면 영원히 지나간 시대와 그 시대의 허튼 생각을 비웃는 단순한 재료가 될 뿐이다. 그러므로 그런 책들은 나온 날부터 내버리고 무시하는 것이 좋다.

남들에게 보이기 위해서가 아니라
나를 위해 꽃으로 핀다

나는 어떤 들꽃을 발견하고 그 아름다움과 완벽함에 놀라워하며 소리쳤다. "하지만 이렇게 수많은 꽃이, 이 꽃의 아름다움이 아무런 주목도 받지 못하고, 심지어 누구의 눈에도 띄지 않은 채 화려하게 피어 있다가 시들어 버리겠군." 그러자 꽃이 말했다. "이 바보 같으니! 내가 남들에게 보여주려고 꽃으로 피는 줄 아니? 다른 사람들을 위해서가 아니라 바로 나를 위해 꽃으로 피는 거야. 내 마음에 들기 때문에 피는 거라고. 나의 즐거움과 기쁨은 꽃이 핀다는 데 있어. 내가 존재하는 데 있단 말이야."

세월이 흘러야 전문가가 되는 법

내가 언젠가 숲에서 식물 채집을 할 때 다른 풀들 사이에서 그것들과 키가 같은 어떤 식물을 발견했다. 이파리가 오그라들고 줄기가 뻣뻣한 검은 식물이었다. 내가 그걸 건드리자 그 식물이 단호한 소리로 말했다. "나를 뽑지 마. 나는 다른 일년생 식물들처럼 표본실용 풀이 아니야. 나는 몇 백 년이나 산단말이야. 나는 조그만 참나무야." 이처럼 수백 년이나 산다는 그 나무는 아이로, 젊은이로, 때로는 성인으로 서 있다. 겉보기는다른 식물들처럼 하찮은 모습으로 살아가는 것이다. 그러나 세월이 흐르다 보면 전문가가 태어나는 법! 그 나무는 다른 식물과 달리 결코 죽지 않는다!

오아시스의 탄식

아름다운 꽃이 피어 있는 푸른 오아시스가 주위를 둘러보았다. 주위엔 사막밖에 아무것도 보이지 않았다. 오아시스는 다른 곳에 자기와 같은 또 다른 오아시스가 있는지 더 멀리 살펴보았지만 역시나 아무것도 보이지 않았다. 그러자 오아시스는 탄식을 하며 말했다.

"나는 불행하고 외로운 오아시스야! 이렇게 혼자 있어야 하다니! 나와 같은 오아시스는 어디에도 없어. 나의 초원과 샘물, 야자수, 숲을 보고 기뻐할 눈이 사방에 단 하나도 없구나! 모래와 바위뿐인 처량한 사막만이 나를 에워싸고 있어. 내가 이렇게 버려져 있는데 나의 온갖 장점과 아름다움과 풍요로움이 내게 무슨 소용이 있단 말인가!"

그러자 늙고 허연 어머니인 사막이 대답했다.

"얘야, 만일 내가 지금 메마르고 처량한 사막이 아니라 꽃과 푸른 식물로 뒤덮여 있다면 너는 멀리서 온 나그네가 칭찬을 하는 오아시스가 될 수 없을 것이다. 너는 그저 보잘것없고 눈에 띄지도 않는 작은 일부분에 지나지 않겠지. 그러니 꾹 참고 견뎌라. 그런 인내심이 네가 영예와 명성을 얻는 조건인 것이다."

상대방의 가시를 견디려면
적당한 거리를 유지하라

어느 추운 겨울날, 고슴도치들은 얼어 죽지 않으려고 서로 바싹 달라붙어 한 덩어리로 뭉쳤다. 그러나 그들은 곧 자기들의 가시가 서로를 찌르는 것을 느꼈다. 할 수 없이 그들은 다시 떨어졌다. 그러자 이내 추위를 견딜 수가 없었다. 그래서 다시 한 덩어리로 붙었다. 이번에도 여지없이 가시가 서로를 찔러 그들은 다시 떨어졌다. 이렇게 그들은 두 가지 불편 사이에서 왔다갔다 했다. 그러다 마침내 그들은 상대방의 가시를 견딜 수 있는 적당한 거리를 발견했다.

인간의 세계도 마찬가지다. 공허함과 지루함에서 생겨나는 사교에 대한 욕구는 인간을 한 덩어리가 되게 한다. 그러나 곧 불쾌감과 반발심으로 다시 떨어진다. 그러다 마침내 그들은 서로 견딜 수 있는 적당한 간격을 발견했다. 그것이 바로 정중함과 예의다. 따라서 그것을 지키지 않는 사람은 '당신의 거리를 유지하라!' 라는 말을 듣는 것이다.

그렇게 하면 따뜻해지려는 서로의 욕망은 충족되지 않겠지만 가시에 찔리는 상황은 피할 수 있는 것이다. 하지만 내적인 따뜻함이 많은 사람은 다른 사람에게 고통과 괴로움을 주거나 다른 사람으로부터 고통과 괴로움을 받지 않기 위해 사회에서 멀리 떨어져 있기를 좋아한다.

불멸의 교사는 철학자 자신의 저서라는
고요한 성소 속에서 찾아야 한다

진정한 철학자들은 자신의 저서를 통해서만 알려지게 될 뿐이며, 다른 사람의 보고를 통해서는 결코 알려질 수 없다. 왜냐하면 비범한 철학자들의 사상은 평범한 두뇌로는 이해되지 않기 때문이다. 그것은 빛나는 두 눈 위에 높게 자리 잡은 저 아름다운 이마 뒤에서 태어난 탁월한 사상을, 사사로운 목적을 탐색하는 저 평범한 머릿속에 억지로 밀어 넣고 낮은 지붕으로 덮어 버리는 것과 마찬가지다. 그러면 그 사상은 모든 활기와 생명력을 잃어버려 본래의 것과는 전혀 다른 것이 되어 버리고 만다. 이런 평범한 두뇌는 고르지 않은 거울과 같아서 거기에 비치는 건 무엇이든 왜곡되어 자체의 아름다운 조화를 잃고 우스꽝스런 모습이 되어 버린다. 철학 사상은 오직 그 철학자를 통해서만 본뜻이 전달될 수 있는 것이다. 그러므로 철학의 진리를 찾고자 한다면 그 불멸의 교사는 바로 철학자 자신의 저서라는 고요한 성소 속에서 찾아내야만 한다.

자신을 위해 탐구한 것만이
타인에게도 도움이 된다

자기 자신을 위해 사색하고 탐구한 것만이 타인에게도 도움을 주며, 처음부터 타인을 위해 그러한 것을 하는 건 타인에게 도움이 되지 않는다. 자기 스스로를 위해 사색하고 탐구하는 것은 무엇보다도 완전한 정직성이라는 특성과 연관되어 있으니, 사람은 자기 자신을 속이려고 하지는 않으며, 자기 자신에게 알맹이 없는 호두를 주지도 않기 때문이다. 따라서 어떠한 궤변이나 쓸모없는 말을 늘어놓지 않을 것이며, 그것을 읽기 위해 지불한 수고를 즉시 되돌려줄 것이다.

숭고한 것이란

의지를 넘어선 순수한 인식으로 평정하게 관조하고, 모든 상대적 관계를 초월하여 그 대상의 이념만을 파악하는 그런 사람은 대상의 고찰에 전념하는 것을 즐기는 것이다. 바로 그렇기 때문에 그는 자신의 인격과 의욕을 초월하게 되는 것이다. 이러한 경지에 도달했을 때 그의 마음을 채우는 것은 바로 '숭고'의 감정이며, 그는 최고의 고양 상태에 있는 것이다. 또한 그러한 상태를 유발하는 대상도 '숭고한' 것이라 부른다.

지적 가치의 척도

지평선이 끝도 없이 펼쳐져 있고, 하늘엔 구름 한 점 보이지 않고, 바람도 한 자락 일지 않으며, 초목도 흔들리지 않고, 사람과 동물도 보이지 않고, 흐르는 물도 없으며, 오로지 깊은 정적만이 깔려 있는 그런 장소에 우리가 있다면, 그건 바로 모든 의욕과 궁핍을 넘어서서 엄숙하게 관조하라는 외침과도 같은 것이다.

그리고 바로 그것이야말로 그토록 쓸쓸하고 적막한 장소에 숭고한 맛을 주는 것이다. 왜냐하면 이러한 환경은 무언가를 계속 추구하고 얻고자 하는 의지에게 이해타산과 관련되는 어떠한 객관성도 제공하지 않으므로, 오로지 순수한 관조의 상태만 남게 되기 때문이다. 거기서 순수 관조를 할 수 없는 사람은 의지를 작용할 대상이 없어서 공허함을 느끼며, 지루함을 못 이기고 깊은 절망에 빠져 버린다.

이러한 환경은 우리 자신의 지적 가치의 척도가 될 수 있다. 즉 외로움을 어느 정도 견디는가, 혹은 얼마만큼 좋아하는가 하는 것이 좋은 척도이다. 그런데 만일 초목이 없어지고 벌거벗은 암석만 드러난다면 우리들의 생존에 필요한 유기물이 완전히 없어지기 때문에 우리의 의지는 벌써 불안하게 될 것이다. 그리고 황야는 무서운 곳으로 변하며, 우리의 기분은 더욱 비극적으로 될 것이다. 따라서 순수 인식의 상태를 결연히 지켜 나가면 숭고감이 분명히 생길 것이다.

사랑의 본성은 동정이다

인간의 삶에서 고통은 본질적인 것이며, 삶과 고통은 떼어놓을 수 없다. 우리는 소망이 어떤 욕망과 결핍, 고통에서 생기는 것이고, 만족은 고통이 제거된 상태에 불과하며, 적극적으로 행복한 상태가 아니라는 것을 알고 있다. 또 기쁨은 소망을 기만하지만 실제로는 소극적인 성질을 갖고 있음에 불과하며, 하나의 재앙이 없어진 것에 불과하다는 것을 알고 있다. 그러므로 선의, 사랑, 정의심이 다른 사람들에게 무엇을 행하든지 간에, 그것은 언제나 다른 사람들의 고통을 덜어주는 것이다. 따라서 이런 마음을 움직여 선한 일과 자선 사업을 하는 것은 언제나 '남의 고통에 대한 인식'일 뿐이며, 그건 자신의 고통을 통해 직접 이해되기 때문이다. 하지만 순수한 사랑은 그 본성 자체가 동정이다.

호의는 동정에서 생긴 욕구이다

모든 순수한 사랑은 동정이며, 동정이 아닌 사랑은 모두 이기심에서 비롯된 것이다. 이기심은 에로스(애욕)이고, 동정은 아가페(순수애)이다. 보통은 이 두 가지가 혼합되어 행해지고 있다. 순수한 우정에도 언제나 이기심과 동정이 섞여 있다. 순수한 우정이란 자신의 개성과 잘 맞는 개성을 가진 친구가 있을 때 기뻐하는 것이다. 우정의 대부분은 거의 이런 경우다. 동정은 그 친구와 진심으로 기쁨과 슬픔을 같이하거나, 그 친구를 위해 이기심을 내던지고 희생을 바치는 데에서 나타난다. 스피노자도 '호의란 동정에서 생긴 욕구에 지나지 않는다.'고 말하고 있다. 이 역설적인 명제를 확증하는 것이 있다. 다름 아닌, 이탈리아 어로 동정과 순수한 사랑은 모두 피에타(pieta)라는 단어로 표시되고 있는 것이다.

훌륭한 요리사는 낡은 구두 밑창을 가지고도
맛있는 요리를 만들어 낼 수 있다고 하듯이
훌륭한 저술가는 무미건조한 주제를 가지고 재미있게 쓸 수 있는 사람이다.

8

창의성을
키워라

참된 저작물은 진지하고 조용히
느린 발걸음을 한다

어느 시대에나 서로 상당히 다른 종류의 두 가지 저작물이 나란히 존재한다. 하나는 참된 저작물이고, 다른 하나는 겉보기만 그럴듯한 저작물이다. 참된 저작물은 영원한 고전이 된다. 진정으로 학문이나 문학을 위해 살아가는 사람들에 의해 쓰인 참된 저작물은 진지하고 조용히 매우 느린 발걸음을 한다. 그러나 학문이나 문학으로 돈을 벌기 위해 쓰인 저작물은 겉보기는 그럴듯하지만 당사자들이 큰소리로 야단법석을 떠는 가운데 빠른 속도로 내달린다. 그런 작품은 매년 수천 개씩 시장에 쏟아져 나온다. 하지만 얼마 지나지 않아 그것들은 벌써 자취를 감추게 된다. 그 떠들썩하던 명성도 온 데 간 데 없어진다. 이런 저작물은 유행을 이용하는 것뿐이고, 영원한 고전이야말로 참된 저작물이라고 할 수 있다.

돈이나 지위를 얻으려는 목적에서 쓰인 책들

문학의 세계도 인생과 다르지 않다. 어디를 쳐다보든 교정이 불가능한 천민 무리를 만날 수 있다. 이들은 어디서나 무리 지어 살면서 여름의 파리 떼처럼 온갖 것에 덤벼들고 온갖 것을 더럽힌다. 허접한 책들과 문학에 특히 많은 이 잡초들은 밀의 양분을 빼앗아 질식시켜 버린다. 이런 불량 도서들은 단지 돈이나 지위를 얻으려는 목적에서 쓰인 것인데도, 양서와 고상한 목적에 쓰여야 할 독자들의 시간과 돈, 관심을 빼앗아간다. 불량 도서들은 무익할 뿐 아니라 해롭기까지 하다.

'읽지 않는 기술'도 중요하다

사람들은 오랜 세월을 거쳐 입증된 최고의 작품은 읽지 않고, 항상 최신 작품만 읽으려 한다. 저술가 또한 유행하는 이념들에 스스로 갇혀 있으려 한다. 때문에 우리의 독서법에서 중요한 것은 오히려 '읽지 않는' 기술이다. 그 기술은 다름 아닌, 많은 독자의 관심을 끄는 작품이라면 일부러 읽지 않는 것이다. 예를 들어, 출판 즉시 독서계에 물의를 일으키며 그해에 몇 쇄를 찍고 끝나 버리는 선동적인 책들, 팸플릿 수준의 책들, 문학들, 그런 것은 읽지 않아야 한다는 것이다. 오히려 항상 일정 시간을 독서에 할애해, 어떤 시대와 민족이든 상관없이 그 자체로 위대하고 탁월한 정신의 소유자가 쓴 작품만 읽도록 하라. 이런 작품만이 진정으로 우리에게 교양과 가르침을 주는 것이다. 인생은 짧고 시간과 에너지는 한정되어 있기 때문이다.

정신의 탄력을 유지하려면

용수철이 무거운 물체의 압력을 계속 받고 있으면 탄력을 잃어버리듯이, 사람도 머릿속에 다른 사람의 생각이 계속 머무르고 있으면 정신의 탄력을 잃고 만다. 음식을 너무 많이 섭취하면 위를 망치고 결국 몸 전체를 망치는 것처럼, 정신도 자양분을 너무 많이 섭취하면 영양 과잉으로 질식해 버린다. 말하자면 정신은 글씨를 지우지 않고 겹쳐 써놓은 흑판처럼 되어 자신이 읽은 것을 되새기지 못하는 것이다. 음식은 먹는다고 해서 다 우리 몸에 양분이 되는 것이 아니라 소화를 해야 되는 것처럼, 정신도 되새겨야만 읽은 것이 자기 것으로 된다. 끊임없이 책을 읽기만 하고 그것을 되새기지 않으면 읽은 것은 뿌리를 내리지 못하고 대부분 사라지고 마는 것이다. 정신의 양식도 육체의 양식과 마찬가지로 섭취한 양의 50분의 1 정도만 흡수되고, 나머지는 증발이나 호흡 또는 그 밖의 일로 없어진다.

손에서 놓아야 할 책

세상에는 두 종류의 저술가가 있다. 일 자체 때문에 쓰는 사람과 쓰기 위해서 쓰는 사람이다. 전자는 중요한 생각이나 경험을 가지고 있어서 그것을 전달할 가치가 있다고 여긴다. 후자는 돈이 필요해서, 돈 때문에 글을 쓴다. 후자의 저술가는 글을 쓰기 위해서 생각한다. 그들의 특징은 다음과 같다. 생각을 가능한 길게 늘려 쓰며 진실한 모습을 보이려 한다. 그러나 어딘지 부자연스럽고 확실해 보이지도 않는다. 그리고 자신들의 실제 모습을 감추기 위해 불명료하게 쓰는 걸 좋아한다. 때문에 그들의 글에는 단호함과 명확성이 결여되어 있다. 따라서 우리는 그들이 종이를 메우기 위해 글을 쓴다는 걸 금방 눈치챌 수 있다. 그런 모습이 발견되면 곧장 책을 손에서 놓아야 한다. 시간은 소중하기 때문이다. 사실 저자가 종이를 메우기 위해서 글을 쓰는 것만으로도 독자를 우롱하는 셈이다.

슐레겔의 멋진 경구

옛날의 위대한 작가를 구구절절 논평한 책이 나오면 독자는 그런 책을 읽으려 하고, 그 작가의 저술 자체는 읽지 않는다. 독자는 단지 새로 나온 책만 읽으려 하는 것이다. 유유상종이라는 말이 있듯이, 오늘날의 멍청이가 지껄이는 진부하고 김빠진 잡담이 위대한 정신의 생각보다 독자의 수준과 구미에 맞기 때문이다. 하지만 나는 젊은 시절에 슐레겔의 멋진 경구를 접하고부터는 그것을 나의 좌우명으로 삼았다. 그럴 수 있었던 나의 운명에 감사할 뿐이다. 바로 이 문장이다.

열심히 고전을 읽어라. 진정으로 참된 고전을!
최근에 나온 글은 그다지 중요하지 않으니.

사람은 고독한 상태에서
본연의 모습이 드러난다

누구나 자기 본연의 모습으로 있는 고독한 상태에서는 원래 지니고 있는 것이 드러나게 마련이다. 왕족의 붉은색 옷을 입은 가련한 바보는 타고난 운명의 무거운 짐 아래서 한숨짓는다. 그러나 뛰어난 재능을 타고난 사람은 삭막한 환경을 자신의 사상으로 활기차게 만든다. 그의 사고와 개성을 마음껏 펼칠 수 있도록 해주는 자유로운 여가는 그에겐 곧 생활의 결실이며 소득이 되는 것이다. 그러나 대부분의 사람들에게 자유로운 여가는 무엇을 가져다주는가? 관능적 향락을 즐기거나 무료해하며 멍한 상태로 보내기 일쑤다. 자유로운 여가가 얼마나 가치 있게 쓰이는지는 그들이 여가를 어떻게 보내는지를 보면 알 수 있다.

허영심과 자존심

인간은 약한 본성을 타고나기 때문에 남에게 드러내 보이는 것, 즉 타인의 눈에 비친 자신의 존재를 지나치게 의식하는 경향이 있다. 하지만 조금만 생각해 보면 그것이 우리의 행복에 그다지 중요하지 않음을 알 수 있다. 타인의 좋은 평가를 받아 나름대로 허영심이 충족되면 다들 속으로 기뻐하는 것을 나는 좀처럼 이해할 수 없다. 고양이를 쓰다듬어 주면 목에서 끄르륵 소리를 내듯이 인간도 자신이 자랑스러워하는 분야에서 칭찬을 받으면 그것이 비록 입에 발린 거짓말이라 해도 얼굴이 밝아진다. 그와 반대로 무시당하거나 자존심에 상처를 받으면 즉각 모욕감을 느끼며 매우 고통스러워한다. 그러므로 다른 사람들의 입에 발린 말이나 상처 주는 말에 가능한 예민하게 반응하지 않는 것이 좋다. 두 가지 말 모두 같은 실에 달려 있기 때문이다. 그리고 언제까지나 타인의 생각과 말의 노예가 되기 때문이다.

저술가와 사냥꾼

글을 쓰기 위해 사고하는 저술가들은 운을 하늘에 맡기고 떠나는 사냥꾼에 비유할 수 있다. 그런 사람들이 사냥을 많이 하고 집에 돌아오기는 어려울 것이다. 반면에 사고하고 나서 글을 쓰기 시작하는 저술가는 몰이사냥꾼과 같다. 이런 사냥은 짐승이 이미 잡혀 우리 안에 들어가 있는 것이다. 잡힌 짐승들은 달아날 수 없도록 울타리가 쳐 있는 다른 곳으로 옮겨진다. 사냥꾼은 이제 목표를 정해 쏘기만 하면 된다. 이렇게 사냥해야 무언가 수확이 있는 것이다.

사물들 자체를 고찰하는 사람은 극히 적다

깊이 생각하고 글을 쓰는 소수의 저술가들 중에서도 사물들 자체에 대해 고찰하는 사람은 극히 적다. 대다수는 단지 책이나 다른 사람이 이미 말한 것에 대해서만 생각할 뿐이다. 그들은 생각하는 데 있어 늘 다른 사람들의 사상에 의한 강력한 자극을 필요로 한다. 그러다 보면 다른 사람들의 것이 그들에게 가장 친밀한 주제가 된다. 때문에 그들은 항상 타인으로부터 영향을 받고 있어 참으로 독창적인 것은 결코 만들어내지 못한다. 반면에 매우 극소수의 사람은 직접 사물들을 통해 자극을 받는다. 그들은 사물들 자체를 고찰하는 것이다. 이런 사람들 중에서만 영원한 생명과 불후의 명성을 지닌 저술을 발견할 수 있다.

자신을 위해 사고하는 사람과
남을 위해 사고하는 사람

무엇보다 자기 자신을 위해 생각한 것만이 진정한 가치가 있다. 사상가들은 일반적으로, 자신을 위해 사고하는 사람과 남을 위해 사고하는 사람으로 분류할 수 있는데, 전자의 사람들이 참된 사상가이며, 독자적 사고를 하는 사람이다. 그들이야말로 진정한 철학자들이다. 그들은 사물을 진지하게 고찰하고, 생활의 즐거움과 행복을 사고하는 데서 찾는다. 후자의 사람들은 소피스트들이다. 그들은 그럴듯하게 드러내 보이기를 원하고, 세상 사람들로부터 얻고자 기대하는 것에서 행복을 찾는다. 바로 그런 것에 대해 그들은 진지하게 생각하는 것이다. 어떤 사람이 두 부류 중 어디에 속하는지는 그의 행동 방식을 보면 금방 알 수 있다.

진정한 사상가와 단순한 학자의 차이

단순히 습득한 진리는 마치 의수나 의족, 의치, 또는 밀랍으로 만든 코나 남의 살로 성형 수술한 코처럼 우리 몸에 그냥 붙어 있기만 할 뿐이지만, 독자적 사고를 하여 얻은 진리는 자연스러운 수족과 같은 것이므로, 그것만이 정말로 자신의 것이다. 진정한 사상가와 단순한 학자의 차이도 이런 점에 있다. 독자적 사고를 하는 사람의 정신적 획득물은 은은한 빛과 그림자의 조화, 자연스런 색조의 완전한 배합이 이루어낸 한 편의 빼어난 그림처럼 보인다. 하지만 단순한 학자의 정신적 획득물은 알록달록한 색으로 가득하고 모양새도 정돈되어 있지만, 조화와 연관성, 의미가 결여된 커다란 팔레트와 같다.

지식을 얻으려 할 뿐
통찰을 얻으려 하지 않는다

나이를 불문하고 온갖 부류의 대학생들과 대학 교육을 받은 사람들은 대체로 지식을 얻으려 하지 통찰을 얻으려 하지 않는다. 그들은 온갖 암석이나 식물, 온갖 전쟁이나 실험, 그리고 온갖 책에 관한 모든 지식을 얻는 것을 명예로 삼는다. 그들은 그 지식이 통찰을 얻기 위한 수단일 뿐, 그 자체로는 별로 가치가 없다는 생각은 하지 못한다. 많이 아는 체하는 사람들의 엄청난 박식함을 볼 때마다 나는 이따금 이렇게 중얼거린다. '저렇게도 읽은 책이 많은데, 생각은 그렇게도 하지 않다니!'

평범한 두뇌와 영리한 두뇌

평범한 두뇌와 영리한 두뇌 사이에는 일상생활에서 매우 빈번히 나타나는 특징적인 차이가 있다. 평범한 두뇌는 일어날지도 모르는 위험을 예견하고 대비할 때 언제나 이미 일어난 일에 대해서만 염려하는 반면, 영리한 두뇌는 혹시 일어날 수도 있는 일까지 숙고해 대비한다. 그러므로 '일 년이 되도록 일어나지 않는 일도 단 일 분 만에 일어날 수 있다.'는 스페인 속담을 염두에 두어야 한다. 여기서 말하는 의미는 간단하다. 일어날 수 있는 일을 통찰하려면 분별력이 필요하지만, 일어난 일을 통찰하는 데는 감각만 있으면 된다는 것이다.

독서는 여행안내서를 읽고 그 나라를 아는 것과 같고
독자적 사고를 하는 것은 그 나라에 다녀온 것과 같다

독서로 일생을 보내고 여러 가지 책에서 지혜를 얻은 사람은 여행안내서를 잔뜩 읽고 어느 나라에 관해 많은 지식을 알고 있는 사람과 같다. 이런 사람은 많은 정보를 줄 수는 있지만 엄밀히 말하면 그 나라의 사정에 대한 일목요연하고 분명하며 철저한 지식을 갖고 있지는 못하다. 이와 반대로 일생을 사고하며 보낸 사람은 직접 그 나라에 다녀온 사람과 같다. 이런 사람은 그 나라의 실제 모습을 알고 있고, 그곳의 문제를 명확히 꿰뚫고 있으며, 진정으로 그곳 사정에 정통해 있는 것이다.

현실 세계는 사고하는 정신을 깊이 자극한다

아무리 뛰어난 두뇌의 소유자라 해도 항상 독자적 사고를 할 능력이 있는 것은 아니다. 그런 사람들도 때로는 정신에 영양가를 제공해 주는 독서를 하는 것이 좋다. 그러나 독서는 너무 많이 하지 않도록 조심해야 한다. 남의 생각에 길들여져서 스스로 생각하는 것 자체를 잊어버릴 수 있고, 그것에 익숙해지며, 나중엔 자신의 사고 과정이 생소하게 느껴질 수 있기 때문이다. 독서할 때보다 현실 세계를 바라볼 때 독자적 사고를 할 계기와 기분이 훨씬 자주 일어난다. 그러므로 책을 읽느라 현실을 외면하지 않도록 해야 한다. 원래의 순수성을 지닌 현실 속의 구체적인 것은 사고하는 정신에 자연스레 다가와 깊이 자극할 수 있기 때문이다.

독자적 사고를 하는 사람과
책에만 매달리는 사람의 차이

독자적 사고를 하는 사람과 책에만 매달리는 사람은 이미 말솜씨로 쉽게 식별될 수 있다. 독자적 사고를 하는 사람은 진지하고 직접적이며, 모든 사고나 표현에 있어 독창성이 있다. 반면 책에만 매달리는 사람은 주로 남의 것을 이용하고, 남의 개념을 그대로 받아들이기 때문에 마치 중고품을 잔뜩 모아 놓은 것과 같다. 따라서 그들의 말은 복제품을 다시 복제한 것처럼 희미하고 흐릿하다. 그리고 틀에 박힌 진부한 상투어와 최신 유행어를 쓰고 있어, 직접 화폐를 주조하지 않고 외국 동전만 쓰는 작은 나라와도 같다.

사람들은 스스로 판단하기보다
남의 말을 믿으려 한다

언제나 권위 있는 사람들의 말을 인용해서 어떤 문제를 거론하고 그런 것에 급급한 사람들은 자신에게 분별력이나 통찰력이 매우 부족하다는 걸 드러내는 셈이다. 그들은 남의 것을 활용할 줄 안다는 점에 오로지 기쁠 뿐이다. 그런 사람들은 헤아릴 수 없이 많다. 세네카가 말한 것처럼 '사람들은 스스로 판단하기보다 오히려 남의 말을 믿으려고 하기' 때문이다. 그들이 논쟁할 때 즐겨 쓰는 무기는 권위다. 권위를 내세우지 않고 논쟁에 휘말린 사람은 아무리 어떤 근거나 논거를 들어 반대 주장을 펴도 별 소용이 없다. 권위에 목매는 사람들은 생각하고 판단할 능력이 없는 피에 몸을 적신 불사신 지그프리트와 같다.

가장 위대한 일은 그 일이 좋아서
몰두하는 사람들에게서 시작된다

학문이나 예술을 해서 돈을 벌려는 사람들은 단지 그것
이 좋아서 즐거운 마음으로 하는 사람들을 딜레탕트라고 부르
며 폄하하는 의식을 가지고 있다. 그들은 학문이나 예술로 돈
을 벌어야만 즐겁고 가치 있는 것으로 생각하기 때문이다. 그
들의 폄하의식은 궁핍이나 욕망 등 구체적인 자극을 받아야만
예술과 학문을 진지하게 하게 된다는 저급한 판단에서 기인한
다. 대중들의 생각도 똑같다. 그래서 대중들이 '전문가'를 높이
보고 딜레탕트를 우습게 보는 것이다. 그런데 사실은 그렇지 않
다. 딜레탕트에겐 그 일 자체가 목적이고, 전문가에겐 수단에
불과하다. 따라서 진정으로 그 일이 좋아서 몰두하는 딜레탕
트가 오히려 매우 진지한 자세를 가질 수 있다. 항상 가장 위대
한 일은 그런 사람들에게서 시작되는 것이지, 임시 고용인에게
서 시작되는 것이 아니다.

지혜보다 허세를 추구하는 사람들

가르치고 배우려는 사람들이 수없이 많은 것을 보면, 인간에게 학문과 지혜는 무척이나 중요한 것 같다. 하지만 그렇게 보일 뿐 실제로는 그렇지가 않다. 교사들은 돈을 벌기 위해 가르친다. 그들은 지혜를 얻으려고 열망하는 것이 아니라 그 지혜의 겉모습과 신용을 추구한다. 학생들은 지식과 통찰을 얻기 위해 배우는 것이 아니라 떠벌이고 명성을 얻기 위해 배운다. 30년마다 새로운 세대가 등장한다. 그들은 아는 것도 별로 없는 풋내기이면서 인류가 수천 년에 걸쳐 모은 방대한 지식을 개요만 대충 간추려 재빨리 익힌 다음 그 누구보다 똑똑한 체한다. 그들은 이런 목적으로 대학에 들어가서 책을 집어 든다. 그것도 자신의 동시대인이나 동년배의 최신 서적을. 그 자신이 새롭듯이 모든 것이 짧고 새로울 뿐이다! 그러고 나서 그들은 이 것저것 함부로 평가를 내리기 시작한다.

훌륭한 요리사란

지나친 독서와 배움이 스스로 사고하는 걸 가로막듯, 지나치게 많은 글쓰기와 가르침도 지식에 대한 이해를 명확히 하려는 철저한 습관을 자연히 버리게 한다. 명확성과 철저함을 얻을 시간이 없기 때문이다. 그래서 많은 교사들은 강의를 할 때 명확한 인식이 부족한 것을 갖은 미사여구로 채우려 한다. 대부분의 책들이 말할 수 없이 지루한 건 주제가 무미건조해서가 아니라 바로 그런 점 때문이다. 훌륭한 요리사는 낡은 구두 밑창을 가지고도 맛있는 요리를 만들어 낼 수 있다고 하듯이, 훌륭한 저술가는 무미건조한 주제를 가지고 재미있게 쓸 수 있는 사람이다.

천재라고 부를 수 있는 사람들

학자가 되기 위해서는 수준 높은 인문학적 지식이 필요하지만, 철학자가 되려는 사람은 그 지식들의 양쪽 극단까지를 연관시킬 줄 알아야 한다. 일급의 정신은 어떤 분야에만 집중하는 전공학자가 될 수 없다. 그런 사람은 인간의 생존 전체를 문제로 삼는다. 그리고 어떤 형식과 방식으로든 인류에게 새로운 해결책을 제시한다. 사물의 전체와 위대함, 본질적인 것과 일반적인 것을 자신의 연구 과제로 삼는 사람만이 천재라는 명칭을 얻을 수 있다. 반대로 평생 동안 사물 상호 간의 특수한 관계에만 열중하는 사람은 천재라고 부를 수 없다.

자신의 사고로 다듬은 것만이 가치가 있다

도서관에 책이 아무리 많아도 제대로 정리되어 있지 않다면 책은 별로 없지만 정리가 잘 되어 있는 도서관만큼 효용이 없다. 지식도 마찬가지다. 아무리 많은 지식을 갖고 있어도 자신의 사고로 철저히 다듬은 지식이 아니라면 양은 훨씬 적어도 깊이 숙고한 지식만큼 가치가 없다. 다방면으로 고찰하고 비교를 거쳐 완전히 자기 것으로 만든 다음에만 그 지식을 자기 마음대로 할 수가 있다. 사람은 배워야 한다. 하지만 깊이 숙고한 것만 제대로 아는 것이라고 할 수 있다.

불에 공기가 있어야 하듯
사고도 부추겨 주어야 유지된다

공부는 마음대로 할 수가 있지만, 사고는 뜻하는 대로 되지 않는다. 불에 공기가 있어야 지펴지듯 사고도 부추겨 주어야 하며, 사고의 대상에 대한 관심이 유지되어야 한다. 그 관심은 순전히 객관적인 것일 수도 있고, 단순히 주관적인 것일 수도 있다. 후자는 어떤 개인적인 문제에 부딪혔을 때 생기지만, 전자는 천성적으로 사고하는 두뇌를 타고난 사람에게 생긴다. 그들에게는 사고하는 것이 호흡만큼이나 자연스러운 일이다. 하지만 이런 두뇌를 지닌 사람은 매우 드물다. 때문에 학자들 중에서 천성적인 사고 능력이 있는 사람은 극소수에 불과하다.

세상이라는 책을 직접 읽어라

학자는 책을 많이 읽은 사람들이다. 하지만 사상가나 천재, 세상 사람들을 깨우쳐 주는 리더들, 인류의 후원자들은 모두 세상이라는 책을 직접 읽은 사람들이다.

스스로 터득한 생각에만
진실성과 생명력이 있다

엄밀히 말하면, 스스로 터득한 생각에만 진실성과 생명력이 깃들어 있다. 그것만을 제대로 온전히 이해하기 때문이다. 독서에서 얻은 남의 생각은 남이 먹다 남긴 음식이나 남이 입다가 버린 옷에 불과하다. 마음속에서 일어나는 자신의 생각과 책에서 읽은 남의 생각의 관계는, 봄에 꽃이 피어나는 식물과 고대의 화석 속에 들어 있는 식물의 관계와 같다.

인생은 수놓아진 천에 비유할 수 있다.
인생의 전반기에는 누구나 자수의 겉면만 보지만
노년기에는 그 이면을 보게 된다.

9

나이와 인생의
깊이

철학은 강력한 권력이 되기도 한다

정치의 역사는 의지의 역사이고, 문학과 예술의 역사는 지성의 역사이다. 정치의 역사는 대체로 불안과 두려움을 불러일으킨다. 말할 수 없는 불안과 궁핍, 사기, 끔찍한 살인으로 가득 차 있다. 반면 문학과 예술의 역사는 길을 잘못 들어 헤맬 때에도 고독한 지성처럼 어느 곳이나 즐겁고 명랑하다. 문학과 예술의 역사 중에서도 주요 분야는 철학의 역사다. 사실 철학사는 다른 역사에까지 울려 퍼져, 어디서나 밑바탕의 견해를 이끌어 가는 기본 저음을 이룬다. 말하자면 철학사가 세계를 지배하는 것이다. 때문에 철학은 잘 이해하면 가장 강력한 현세의 권력이 되기도 한다. 하지만 그 영향은 매우 서서히 나타난다.

인위적인 교육은
그릇된 사고를 가지게 한다

인위적인 교육은 그릇된 사고를 가지게 만든다. 어릴 적 부터 오랫동안 배우고 독서를 한 후에도 우리는 심한 편견을 가지고 세상에 나와 좁은 생각으로 자만심에 빠져 행동하기 일 쑤다. 그리고는 머릿속에 잔뜩 들어 있는 개념을 적용해 보려 하지만 거의 언제나 들어맞지 않는다. 원인과 결과를 혼동해 잘못 적용하기 때문이다. 우리의 교육은 정신의 자연스러운 발 달 과정을 무시하고 있다. 그래서 먼저 개념을 주입시킨 다음 나중에 직관을 얻게끔 교육을 하고 있는 것이다. 아이들에게 스스로 사고하고 판단하는 능력을 길러 주는 게 아니라 다른 사람의 완성된 생각을 머릿속에 잔뜩 집어넣으려고 애쓸 뿐이 다. 그러면 결국은 그릇된 개념을 적용해서 생기는 오류를 오랜 시간에 걸쳐 바로잡아야 한다. 이것이 성공적으로 이루어지는 경우는 매우 드물다.

자신에게만 통용되는 세계관

세상의 거의 모든 사람들은 굳어 있는 개념, 즉 자신에게
만 통용되는 비뚤어진 세계관을 평생 머릿속에 지니고 살아간
다. 그러다 나이를 먹은 후에야 비로소 자신을 되돌아보고는,
갑자기 모든 사물과 관계에 대해 단순하고도 명확한 깨달음을
얻게 된다.

명확하지 않은 언어는 사용하지 말라

교육자는 인식의 자연스러운 순서를 탐구하려 노력하고, 그런 순서에 따라 아이들을 가르치도록 해야 한다. 세상의 사물과 관계에 대해 그릇된 생각이 한번 아이들의 머릿속에 주입되고 나면 절대 버리지 못할 수도 있기 때문이다. 먼저 명확하지 않은 언어는 사용하지 않도록 해야 한다. 그리고 스스로 사고하기 전에 애써 개념을 주입하지 않도록 해야 한다. 사람들은 마치 아이가 태어나면서부터 두 발로 걷거나 글을 쓴다고 생각하는 것 같다. 다시 말해, 아이의 정신은 아직 매우 빈약한데도 벌써 개념이나 판단을 마구 쏟아 부으며 그야말로 뿌리 깊은 선입견을 심어 버리는 것이다. 그보다 불행한 일은 없다.

개념이 직관에 앞서면 안된다

어릴 때는 인식 능력의 발달에 맞는 자연스러운 과정을 따라가야 한다. 어떤 개념도 직관을 매개로 하지 않고 무작정 인증되어서는 안된다. 그렇게 교육을 받은 아이는 철저하고 올바른 개념을 지니게 될 것이다. 아이는 타인의 사고가 아닌 자신의 사고로 사물을 판단하는 법을 배울 것이다. 그렇게 되면 아이는 수많은 편견에 사로잡히지 않을 것이며, 나중엔 최상의 정신을 가지고 삶의 학교에서 활용할 것이다. 그렇게 되면 아이는 차츰 철저함과 명확함, 공평함의 정신에 익숙해질 것이다.

현실 세계에서 직접 배우게 하라

아이는 모든 점에 걸쳐 원전으로 인생을 알게 해야지 미리 사본으로 알게 해서는 안 된다. 그러므로 아이들에게 서둘러 책을 손에 쥐어줄 게 아니라 사물과 인간관계를 자연스레 알도록 해 주어야 한다. 무엇보다도 아이들이 현실을 순수하게 파악하도록 이끌어야 한다. 그래서 어떤 판단을 할 때 현실 세계에서 직접 끄집어내도록 도와줘야 한다. 현실이 아닌 다른 데서, 즉 책이나 타인의 말에서 미리 가져와 그걸 현실에 적용하게 해서는 안된다. 그렇게 되면 아이의 머리는 환영으로 가득차 현실을 전혀 다르게 파악하거나 현실을 개조하려 할 것이다. 그러다 결국 미로에 빠져 버릴 수도 있다. 일찍이 심어진 환영과 선입견이 얼마나 해로운지는 도저히 믿기지 않을 정도다. 따라서 나중에 얻는 학교 교육은 그렇게 잘못된 점을 개선하는 데 활용되어야 한다.

나이에 따라 현재의 색조가 달라진다

우리는 평생에 걸쳐 현재만을 소유할 수 있을 뿐이다. 그런데 같은 현재이면서도 다른 점은, 젊은 시절에는 우리 눈앞에 긴 미래가 펼쳐져 있지만 인생의 마지막이 되면 긴 과거가 우리 뒤에 있다는 사실이다. 그리고 우리의 성격은 변하지 않지만 기질은 변화를 겪으며 그때마다 현재의 색조가 달라진다는 것이다. 유년기에는 사람과의 관계가 별로 없고 욕구도 강하지 않아 큰 자극을 받지 않는다. 그래서 존재하는 대부분을 인식하는 데 몰두하게 된다. 이미 일곱 살에 완전한 크기에 도달하는 뇌와 마찬가지로 지성 또한 일찍 발달되어, 아직 성숙하지는 않더라도 세상에서 끊임없이 자양분을 얻으려고 한다. 유년기의 세계에는 모든 것이 신기한 매력으로 채색되어 있다. 유년시절이 시적인 분위기를 띠는 것은 그 때문이다.

세계관은 본질적으로 변하지 않는다

젊은 시절의 경험과 인식은 그 이후의 모든 삶에 고정된 유형과 범주를 이루게 된다. 언제나 명료하게 의식하는 것은 아니라 해도, 그 이후에 인식하고 경험하는 모든 것은 그러한 범주에 포함된다. 이미 어린 시절에 세계관을 이루는 토대가 형성되고, 세계관의 폭이나 깊이도 형성된다. 세계관은 나중에 내용이 더해져 완성되지만 본질적으로는 변하지 않는다.

직관적 파악은 남이 가르쳐 줄 수 없다

우리가 행하는 모든 인식의 기초와 진정한 내용은 세계를 직관적으로 파악하는 데 있다. 그러나 이러한 직관적인 파악은 오직 우리 스스로가 얻어야지 남이 가르쳐 줄 수 없다. 때문에 우리의 도덕적인 가치와 마찬가지로 지적인 가치도 외부에서 우리의 내부로 들어오는 것이 아니라 우리 자신의 본질 깊은 곳에서 비롯하는 것이다.

청년기가 슬프고 불행한 이유

인생의 후반기에 비해 많은 장점을 지닌 인생의 전반기, 즉 청년기가 슬프고 불행한 이유는 반드시 행복을 잡아야 한다는 전제를 바탕으로 혈안이 되어 있기 때문이다. 그래서 끝없는 불만과 환멸이 생겨나는 것이다. 행복이란 그림자는 늘 이질적인 모습으로 눈앞에서 어른거릴 뿐, 뚜렷한 모습을 드러내지 않는다. 때문에 청년기에는 처지와 환경이 어떻든 간에 대체로 불만에 가득 차 있다. 그러다 비로소 인생은 기대하는 것과 전혀 다르게 어디나 공허와 결핍이 존재한다는 걸 처음으로 알게 된다. 따라서 일찍부터 가르침을 주어, 세상에서 많은 것을 얻을 수 있다는 망상을 갖지 않도록 하는 것이 좋다.

수놓아진 천의 이면을 보라

어릴 때는 인생행로에 중요한 일이나 인물이 요란하게 등장할 거라고 생각하지만, 나이가 들면 그런 일이나 인물 모두 아주 조용히 뒷문으로, 거의 눈에 띄지 않을 정도로 슬쩍 들어왔다는 사실을 알게 된다. 인생은 수놓아진 천에 비유할 수 있다. 인생의 전반기에는 누구나 자수의 겉면만 보지만, 노년기에는 그 이면을 보게 된다. 이면은 그다지 아름답진 않지만 실이 어떻게 꿰매져 있는지를 알 수가 있다.

나이의 성숙과 경험을 대신하는 건 없다

정신적으로 매우 뛰어난 사람도 대화에서 결정적인 우세를 점하려면 적어도 마흔 살은 되어야 한다. 정신적으로 뛰어나면 나이의 성숙과 경험의 결실을 능가할 수 있을지는 몰라도 결코 그것을 대신할 수는 없다. 그러나 정신적으로 아무리 평범한 사람도 나이의 성숙과 경험의 결실이 많으면 정신적으로 뛰어난 사람을 압도할 수가 있다.

노년기의 유쾌함과 통찰

청년기에는 흔히 인간 세상에서 버림받은 느낌을 받지만, 노년기에는 이제 인간 세상에서 벗어난 느낌을 받는다. 청년기의 그런 불쾌한 느낌은 아직 인간 세상을 잘 모르기 때문이고, 노년기의 그런 유쾌한 느낌은 인간 세상을 어느 정도 알기 때문이다. 또한 청년기에는 세상의 크나큰 행복과 즐거움을 기대하면서도 그것을 얻기가 어렵다고 생각하지만, 노년기에는 세상에서 아무것도 얻을 수 없다는 통찰에 이르러 견딜 만한 현재를 즐길 줄 알기 때문이다. 노년기에는 심지어 하찮은 일에서도 기쁨을 느낄 줄 안다.

어설픈 젊은이가 오히려 고상하다

어떤 젊은이가 인간의 행동거지에 꽤 일찍 익숙해지고 능숙해져서, 마치 준비한 듯이 그런 행동을 한다면 그것은 지적인 면이나 도덕적인 면에서도 좋지 않은 징후다. 그것은 본성이 천박하다는 표시다. 반면에 그러한 관계에서 어리둥절해하고 서투르며 어설픈 태도를 보이는 젊은이는 보다 고상한 종류의 본성을 지니고 있음을 암시한다.

추억이 점점 짧아지는 이유

나이를 먹을수록 중요하지 않은 일들이 점점 더 많아진다. 나중에도 반추할 가치가 있다고 여겨지는 일들이 줄어드는 것이다. 반추하지 않으면 망각되고 점점 흔적도 남지 않게 된다. 더구나 불쾌했던 일들은 기억하고 싶어 하지 않는 게 사람의 본능이다. 허영심에 상처를 주는 일은 더 그렇다. 그런데 전혀 잘못한 것이 없는데도 고통을 당하는 경우는 별로 없기 때문에 대부분의 일은 허영심에 상처를 준다고 할 수 있다. 우리의 추억이 그토록 짧아지는 이유는 이렇게 두 가지 방식으로 추억이 떨어져 나가기 때문이다.

조숙한 천재나 신동이 왜 평범해지는가

올림픽 경기에서 우승한 사람 중 청년 시절에 한 번 우승하고 나중에 성인이 되어서도 우승한 사람은 두서너 명밖에 없다고, 아리스토텔레스가 지적한 바 있다. 훈련을 하느라 너무 어릴 때부터 몸을 혹사하는 바람에 성인이 되었을 때는 에너지가 이미 고갈되어 남아 있지 않기 때문이다. 그러니 지적 성과를 나타내는 정신력 수준에선 더 말할 필요도 없다. 온실 교육의 결실인 조숙한 천재나 신동이 어릴 때는 사람들을 놀라게하지만 나중에는 그저 평범한 두뇌의 소유자가 되는 것도 그때문이다.

호감을 주는 시기가 왜 사람마다 다른가

어떤 사람은 젊은 시절에 호감 어린 모습을 지니다가 금방 사그라진다. 또 어떤 사람은 중년 시절에 힘차고 활동적인 모습을 지니다가 노년에는 금방 시들어 버린다. 그런데 어떤 사람은 노년에 더욱 의연해지고 온화해져 젊을 때보다 더 호감을 주는 사람도 있다. 이렇게 다른 이유는 인간의 성격 자체에 청년기적 요소, 중년기적 요소, 노년기적 요소가 따로 있어서, 각각의 나이가 이러한 요소와 일치하기도 하고, 반대 작용을 하기도 하기 때문이다.

노년기엔 정신적 보상이 있다

정신력이 최고의 에너지와 긴장을 유지할 수 있는 시기는 당연히 청년기이다. 늦어도 서른다섯 살까지는 그럴 수 있다. 그 이후부터는 서서히 진행되다가 점차로 감퇴한다. 하지만 노년기가 되면 감퇴하는 대신 그 대가로 정신적 보상이 따른다. 말하자면 그때가 되어야 비로소 경험과 학식이 풍부해지는 것이다. 모든 측면에서 바라보고 생각할 시간이 주어짐으로써 각각의 것을 서로 비교하여 그 연결고리를 밝혀낼 수 있다. 따라서 모든 것이 명확해질 수 있는 것이다. 경험과 증거를 훨씬 더 많이 갖고 있으므로 청년기에 알았던 것보다 훨씬 더 철저히 알게 된다. 실제로도 청년기보다 모든 방면으로 숙고한 결과 매우 연관성 있는 인식을 얻는 것이다.

50세 전후에 걸작이 탄생하는 이유

청년기에 얻는 지식은 대부분 불완전하고 단편적인 것에 불과하다. 하지만 나이가 들어가면 인생의 자연스러운 과정을 알게 되고, 젊었을 때와 달리 인생의 입구 쪽에서뿐만 아니라 출구 쪽에서도 굽어봄으로써 그 무상함을 완전히 인식하기 때문에, 완전하고도 적당한 표상을 얻게 된다. 청년기에는 구상 능력이 뛰어나므로 얼마 안 되는 지식으로도 많은 것을 만들어낼 수가 있는 반면, 노년기에는 판단력과 철저함이 뛰어나다. 따라서 청년기에 이미 독자적인 인식과 독창적인 견해를 모아두었다 하더라도, 나이가 들어서야 비로소 자신이 지닌 것들을 자유자재로 다룰 수가 있다. 대부분의 뛰어난 문필가들이 쉰 살 전후에 걸작을 발표하는 것도 그 때문이다.

인생은 청년 시절에 달려 있다

청년 시절엔 많은 것에 감명을 받기 쉽고 생생하게 의식하기 때문에 정신의 결실을 맺는 시기이며, 인생에 꽃을 피우는 봄의 계절이다. 심오한 진리는 직관으로 깨달을 뿐 계산으로 알아내는 것이 아니다. 즉 진리에 대한 최초의 인식은 직접적인 순간의 인상에서 비롯되는 것이다. 따라서 인상이 강렬하고 생생하며 깊어야 한다. 이런 점에서 보면 모든 것은 청년 시절을 어떻게 활용하느냐에 달려 있다. 노년이 되면 자아가 완결되어 쉽게 감명을 받지 않기 때문에 타인과 세상에 많은 영향을 미치지 못한다. 그래서 노년기는 행동과 활동의 시기이며, 청년기는 배움과 인식의 시기다. 청년기에는 관찰이, 노년기에는 사고가 지배하는 것이다. 때문에 청년기에는 시문학에 빠지고, 노년기에는 철학에 빠져들게 된다.

향락만이 사람을 행복하게 하는 건 아니다

청년기는 인생에서 행복한 시기이고, 노년기는 우울한 시기라고 흔히 말한다. 열정이 사람을 행복하게 한다면 아마도 맞는 말일 것이다. 청년기는 열정으로 이리저리 방황하며 막상 기쁨은 별로 없고 많은 고통에 시달리는 시기다. 반면 냉정한 노년기에는 열정 때문에 힘겹게 시달리지 않는다. 인식이 자유로워지고 명상적인 삶을 추구하기 때문이다. 인식 그 자체는 고통이 없는 것이므로 인식이 우세할수록 더욱 행복을 느낄 수 있다. 따라서 열정만이 사람을 행복하게 하는 건 아니다. 온갖 향락을 즐길 수 없다고 해서 노년기를 탄식해서는 안된다는 말이다. 향락은 소극적인 성질을 띠는 반면, 고통은 적극적인 성질을 띠고 있는 것만 봐도 그건 맞는 말이다. 향락은 욕구가 충족되고 나면 없어진다. 그러므로 향락을 즐길 수 없다고 해서 한탄할 일은 아니다.

호두껍데기가 금빛을 내도 속은 비어 있다

청년기는 막연한 것에 대한 욕구와 동경으로 가득 차 있다. 때문에 행복에 없어서는 안되는 마음의 평온을 잃기 쉽다. 그 시절엔 뭔가 굉장한 것을 세상에서 얻을 수 있다고 생각하지만, 노년기가 되면 〈전도서〉에 있는 말처럼 '모든 것이 헛되도다.' 라는 인식에 투철하게 된다. 따라서 호두껍데기가 아무리 금빛을 낸다 해도 속은 텅 비어 있다는 걸 알고 있다. 노년기는 모든 면에서 차분해지기 때문이다. 감정이 냉정해지고 감각도 둔해지지만, 또한 사물의 가치나 향유의 내용을 분명히 알게 되어 착각이나 환영, 편견에서 벗어나게 된다. 그리고 모든 것을 보다 올바르고 분명히 인식해, 있는 그대로 받아들이고, 모든 것이 무상하다는 통찰에 이르게 된다. 따라서 거의 모든 사람들은, 심지어 평범한 사람들조차도 노년기에 이르면 대체로 지혜로워져 젊은 사람들에 비해 뛰어날 수 있다. 이런 모든 사실 때문에 노년기엔 마음의 평정을 얻을 수 있다.

정신을 가꾸지 않은 사람만이 무료해진다

흔히 사람들은 질병과 무료함이 노년기의 숙명이라고 말한다. 하지만 질병이 노년기의 본질은 아니다. 특히 장수하는 경우에는 더 그렇다. '나이가 들수록 건강과 병이 같이 커지기' 때문이다. 그리고 노년기는 청년기보다 무료함에 빠질 위험이 더 적다. 노년기에는 물론 고독해지기는 하지만, 고독에 무료함이 반드시 따르는 것은 아니다. 감각적이고 사교적인 향락만 즐겼던 사람, 정신을 가꾸지 않았던 사람만 무료해질 뿐이다. 고령이 되면 정신력도 감퇴하지만 원래 그것이 풍부했던 사람은 무료함을 퇴치할 정도의 정신력은 아직 충분히 갖고 있을 것이다. 나이가 들수록 경험과 숙고에 의한 올바른 통찰력은 커지고, 판단력은 날카로워지며, 모든 연관성이 명백히 파악된다. 그렇게 되면 축적된 인식으로 자신의 내적 도약에 힘쓰게 된다.

생존의 가치는 무엇으로 평가되는가

노년기에 이르면 세상사의 공허함과 온갖 영화의 덧없음을 솔직하고 굳게 확신하게 된다. 환영이 사라지는 것이다. 노년기에 이르면 세속의 잣대에 따른 큰 것과 작은 것, 고상한 것과 비천한 것의 차이를 더 이상 두지 않게 된다. 그럼으로써 마음의 평정을 얻어, 세상의 눈속임을 가소롭다는 듯 내려다본다. 노년기에 이르면 세상의 환멸을 완전히 맛보아, 인생이란 겉만 번지르르한 온갖 싸구려 물건으로 아무리 요란하게 꾸며도 이내 본바탕을 드러낼 것이고, 어떻게 채색을 해도 본질적으로 같은 것임을 알게 된다. 생존의 참된 가치는, 향락이나 부귀영화를 얼마나 누렸느냐가 아니라 고통이 얼마나 없느냐로 평가할 수 있을 뿐이다.

슬픈 일이 나쁜 것만은 아니다

나이가 들어갈수록 힘이 자꾸만 떨어지는 것은 물론 슬픈 일이지만, 그런 현상은 자연스런 동시에 좋은 일이기도 하다. 죽음의 준비 작업으로 볼 수 있는 그런 현상이 일어나지 않으면 죽음이 너무 힘들어지기 때문이다. 고령에 이르러 얻는 가장 큰 복은 편안한 죽음을 맞이하는 것이다. 병에 의하지도 않고 경련을 수반하지도 않으며 아무런 느낌도 없는 매우 안락한 죽음 말이다.

인생의 끝은 가장무도회의 끝과 같다

인생의 끝 무렵은 가면을 벗는 가장무도회의 끝 무렵과 같다. 그제야 자신이 만나온 사람들이 실제로 어떤 사람들이었는지가 드러난다. 성격이 훤히 드러나고, 행위의 결과가 밝혀지며, 모든 환영들이 사라지는 것이다. 일테면 이 모든 것을 알기까지 시간이 필요했던 것이다. 정말이지 인생의 끝 무렵에 가서야 사람은 비로소 자기 자신을, 특히 타인과의 관계에서 자신의 목표와 목적이 무엇이었는가를 인식하게 된다. 그때 자신이 생각했던 것보다 자신을 낮은 위치에 놓아야 하는 경우가 흔히 있다. 그건 살아오면서 세상의 저열함에 대해 충분히 생각해보지 못했기 때문이다. 그리고 그제야 자신이 어떤 인간인지 알게 된다.

결코 늙지 않는 어떤 결실을 위해 청춘의 힘을 온통 쏟아 부었다는
그 사실보다 노년에 더 멋진 위안이 되는 것은 없다.

10

욕망과 투쟁

최고의 영웅적인 삶이란

인간이 달성할 수 있는 최고의 인생행로는 영웅적인 삶이다. 그런 생애를 산 사람은 어떤 일이나 문제에 있어 모든 사람에게 어떻게든 도움을 주기 위해 엄청난 어려움을 무릅쓰고 싸운 사람이다. 그리고 결국 승리를 거둔다. 하지만 정작 자신은 조금밖에 보답을 받지 못하거나 전혀 받지 못한다.

안락함이 무료함으로 변할 때

인간은 동물은 할 수 없는 지적인 쾌락을 누릴 수가 있다. 그 쾌락엔 수많은 단계가 있는데, 단순한 놀이나 대화에서부터 최고의 정신적 성과에 이르기까지 다양하다. 하지만 그에 못지않게 인간은 무료함이라는 고통에 짓눌린다. 무료함은 실제로 채찍 역할을 하는데, 정신이 아니라 주머니만 채우려고 골몰하는 가련한 인간들에서 그런 현상을 볼 수 있다. 그런 무리들은 안락함이 주는 무료함이라는 고통스러운 채찍에 시달리는 것이다.

삶은 투쟁의 연속

어떠한 불행과 고뇌를 겪을 때라도 가장 효과적인 위안이 되는 것은 자신보다 더 불행한 사람들을 바라보는 것이다. 이것은 누구나 할 수 있는 방법이다. 행복한 나날을 즐기고 있을 때는 운명이 바로 지금 우리 앞에 어떤 액운을 준비하고 있는지 알지 못한다. 질병, 시련, 빈곤, 죽음 등등. 평화로운 시절은 짧은 휴식 시간처럼 가끔 한번씩 나타날 뿐이다. 결국 인간의 삶은 투쟁의 연속이다. 결핍이나 무료함과의 투쟁일 뿐만 아니라 타인들과의 투쟁이기도 하다. 인간은 가는 곳마다 자신의 적대자를 발견하고 끊임없이 싸우면서 살다가 손에 무기를 든 채 죽음을 맞이한다.

공장 제품처럼 평가되는 인간

고상한 부류의 사람들은, 인간들 사이의 본질적인 관계가 사고방식이나 취미, 정신 능력 등으로 결정된다고 젊은 시절엔 생각한다. 하지만 나이가 들면 그것이 현실적인 관계, 즉 물질적인 이해관계에 근거한다는 걸 깨닫게 된다. 이런 이해관계는 거의 모든 관계의 토대가 된다. 뿐만 아니라 대부분의 사람들은 다른 관계에 대해서는 아무것도 알지 못한다. 따라서 모든 인간은 직업이나 국적, 집안 등에 의해 평가된다. 인간은 이러한 관습에 따라 분류되고 공장 제품처럼 취급받는다. 반면 인간 자체의 모습, 즉 인격적 특성에 의한 모습은 극히 예외적으로만 화제에 오를 뿐, 별다른 지장이 없는 한은 대체로 무시되고 있다.

세상엔 어리석음이 큰소리를 치고 있다

세상에는 나쁜 것이 주도권을 쥐고 있고, 어리석음이 큰 소리를 치고 있다. 운명은 냉엄하고 인간은 가련하다. 이러한 세상에서 원래 내면에 지닌 것이 풍부한 사람은 눈 내리고 얼음 언 12월 밤에 밝고 따뜻하며 흥겨운 방에서 크리스마스를 축하하는 것과 같다.

인생의 마지막에 남는 것

인간의 행복과 불행이 아무리 다양한 모습으로 나타난다
해도 이 모든 것의 기본은 육체적 즐거움이나 고통이다. 다시
말해 건강과 음식, 추위와 더위로부터의 보호, 성욕의 충족, 또
는 이 모든 것들의 결핍이다. 인간은 동물 이상으로 실질적인
육체적 즐거움을 누리지 못한다고 할 수 있다. 다만 좀 더 발달
된 신경 계통이 모든 즐거움이나 고통에 대한 감각을 높여 주
는 것이다. 하지만 인간의 마음속에서 일어나는 감정의 변화란
얼마나 격심한가! 인간의 마음은 얼마나 깊고도 격렬하게 움직
이는가! 아무리 그렇다고 해도 마지막에 남는 것은 건강과 의식
주 등에 지나지 않는다.

행복의 원천은 독립과 여가

탁월하고 풍부한 개성, 그리고 뛰어난 정신을 지닌 사람은 의심할 여지없이 지상에서 가장 행복한 혜택을 누리는 사람이다. 비록 가장 행운아는 아니라 해도 말이다. 그들에게는 자기 자신을 즐길 수 있을 정도로 외적인 상황 또한 유리하게 전개될 필요가 있다. 자연과 운명의 호의로 이런 혜택을 누리는 사람은 행복의 내적 원천이 고갈되지 않도록 철저한 감시를 게을리 하지 않아야 한다. 그 필수 조건은 독립과 여가다. 그들은 다른 사람들과 달리 향유의 외적 원천이 덜 필요하므로 절제를 통해 그러한 조건을 획득할 수가 있을 것이다. 재물, 지위, 사치, 명예 등을 위해 자신의 여가와 독립을 희생하는 것은 어리석기 그지없는 짓이다. 인간 행복의 가장 큰 원천은 자신의 내부에서 발원하는 것이기 때문이다.

진정한 욕구가 없으면 진정한 향유도 없다

재능이 뛰어난 사람은 사실상 자신을 위해 살고, 자신에게 도움을 청한 셈이 된다. 그는 다른 사람들보다 더 큰 욕구를 느낀다. 그것은 보고 배우고 연구하고 명상하고 연마하려는 욕구이자 자유로운 여가를 가지려는 욕구이기도 하다. 이러한 욕구가 바로 마음껏 정신적 향락을 즐길 수 있는 조건이다. 다른 사람들은 온갖 아름다운 자연과 예술품 또는 정신적 산물이 잔뜩 쌓여 있어도 마치 매춘부를 눈앞에 둔 백발노인처럼 그런 향락을 맛볼 수가 없다. 하지만 특별한 재능을 지닌 사람은 일상적인 생활 말고도 제2의 생활, 즉 점차로 원래적인 목표가 되는 지적인 생활을 영위한다. 그런 사람은 일상적인 생활을 그저 수단으로 간주할 뿐이다.

지적인 생활의 이로움

지적인 생활은 통찰과 인식이 계속 더해감에 따라 마치 탄생 과정의 예술품처럼 끊임없이 향상되고 점점 완전한 형태로 완성되어 간다. 그것과 비교하면 다른 사람들이 추구하는 실제적 생활, 즉 깊이가 아니라 길이만 늘릴 뿐인 생활은 한심한 대조를 이룬다. 지적인 생활은 무료함을 예방해줄 뿐만 아니라 무료함에 따르는 해로운 결과도 예방해준다. 즉 나쁜 친구와 어울리는 것을 막아 주는 울타리가 되고, 행복을 유형적인 것에서만 추구할 경우 빠질 수 있는 수많은 위험, 재난, 손실을 막아주는 방벽이 되는 것이다.

다른 사람의 일보다
그들의 이해력을 부러워하라

우리는 다른 사람이 살면서 겪은 재미있는 사건을 부러워하는 경향이 있는데, 그보다는 오히려 그런 사건을 중요하게 생각하고 묘사할 줄 아는 그들의 이해력을 부러워하는 것이 좋다. 같은 사건이라도 재기 있는 사람은 너무나 재미있게 표현하는 반면, 평범한 사람들은 그저 일상생활의 진부한 일로만 생각하기 때문이다. 대부분의 사람들은 평범한 사건을 그토록 멋지고 위대한 시로 만들어낸 시인들의 상상력은 부러워할 줄 모른다.

개성이 행복의 한도를 정한다

현실의 객관적인 면은 운명에 맡겨져 있으므로 변할 수 있지만, 주관적인 내면은 자기 자신이므로 본질적으로 변하지 않는다. 그러므로 모든 인간의 삶은 외부에서 변화가 일어난다 해도 하나의 주제를 중심으로 연주되는 변주곡에 비유할 수 있다. 자신의 개성에서 벗어날 수 있는 사람은 아무도 없다. 그리고 개성에 따라 인간이 누릴 수 있는 행복의 한도가 미리 정해져 있다. 특히 정신력에 따라 고상한 향유를 누릴 수 있는 능력이 최종적으로 정해진다. 정신력의 크기가 협소하면 아무리 외부에서 그 사람을 도와준다고 해도 지극히 평범하고 동물적인 행복 이상을 누리지 못할 것이다.

인간의 생명력은 무언가를 하는 데 있다

우리의 신체적 생명이 끊임없는 운동을 본질로 하는 것처럼, 우리의 정신적 생명도 지속적인 행위와 사유를 하며 무언가 할 것을 요구한다. 할 일이 없는 사람들이 손이나 도구를 이용해 탁탁 두드리는 동작을 하는 것이 그 증거라 할 수 있다. 우리의 생활은 본질적으로 쉼 없는 연속이다. 그래서 아무런 활동도 하지 않으면 끔찍한 무료함에 시달리다 곧 견딜 수 없는 상태에 빠지고 만다. 그러므로 활동하는 것, 다시 말해 무언가를 행하거나 만들거나, 최소한 무언가를 배우는 것이 인간의 행복엔 필수적이다. 인간의 생명력은 자기 자신을 어딘가에 쓰고 싶어 하고, 그 결과를 알아보고 싶어 한다.

타고난 개성을 최대한 유리하게 이용하라

우리가 할 수 있는 유일한 일은 타고난 개성을 최대한 유리하게 이용하는 것이다. 따라서 인격에 합당한 일에 노력을 기울이고, 개성에 맞는 일을 골라 해야 한다. 다른 일은 가급적 피하고 개성에 적합한 일과 생활방식을 선택해야 한다.

고통 없는 삶이 행복을 재는 잣대다

기쁨이나 쾌락으로 인생의 행복을 재려고 하는 사람은 잘못된 잣대를 잡은 것이다. 쾌락이 삶을 행복하게 한다는 생각은 질투심이 스스로를 벌하기 위해 품는 망상이다. 반면에 고통은 적극적인 감정이다. 따라서 고통 없는 삶이야말로 행복을 재는 잣대다. 고통 없는 상태에 이르렀다면 사실 지상의 행복에 도달한 것이나 마찬가지다. 그 밖의 모든 것은 환영이기 때문이다. 그러므로 고통을 치르면서까지 쾌락을 맛보려고 해서는 안 된다. 어리석은 사람들은 인생의 쾌락을 좇다가 결국 속아 넘어간다. 하지만 현명한 사람들은 재앙을 피하려고 노력한다. 그들이 설사 재앙을 피하지 못한다 해도 그것은 운명 때문이지 어리석음 때문이 아니다. 또한 그들이 쾌락을 지나치게 희생했다 해도, 모든 쾌락은 환영과 같은 것이므로 사실 아무것도 잃은 것이 없는 셈이다.

기쁨은 소리도 없이 조용히 온다

화려한 것들은 대부분 무대 장식처럼 단순한 겉모습일 뿐 사물 자체의 본질이 결여되어 있다. 기쁨을 나타내는 간판이나 암시, 기호 같은 것에서는 정작 기쁨을 찾아볼 수 없다. 기쁨이 실제로 나타날 때는 초대를 하거나 받았을 때가 아니라 혼자 자발적으로 거드름을 피우지도 않고 조용히 다가온다. 기쁨은 또 전혀 중요하지 않은 하찮은 계기로, 지극히 일상적인 상황에서, 결코 특별하지도 않은 기회에 문득 다가온다.

자유로운 여가는 자신만큼이나 중요하다

내면의 풍요로움을 가진 사람이 정신적 능력을 키우기 위해 외부로부터 필요한 것은 자유로운 여가밖에 없다. 그런 사람은 일평생 매일 매시간 그 자신 자체일 수만 있다면 더 이상 아무것도 필요할 게 없다. 정신의 발자취를 인류의 가슴에 새기려고 할 때, 그에게 해당되는 행복과 불행은 단 한 가지뿐이다. 즉 능력을 완전히 발휘해 자신의 계획을 완성하느냐, 아니면 방해를 받아 자신의 뜻을 이루지 못하느냐이다. 다른 모든 것은 하찮게 여길 뿐이다. 시대를 막론하고 위대한 정신의 소유자들은 자유로운 여가를 무엇보다 소중하게 생각했다. 누구에게나 자유로운 여가는 그 자신만큼이나 중요하기 때문이다.

순간에 몰두하는 즐거움

사람은 기르는 동물을 바라보면서 즐거움을 얻곤 한다.
동물은 지금 이 순간에 완전히 몰두하기 때문이다. 말하자면
동물은 현재의 화신이므로, 아무런 걱정 없이 매 순간의 가치
를 살아가는 것이다. 하지만 사람들은 현재의 순간에 몰입하지
못하고 그 순간을 중요시하지도 않는다. 뿐만 아니라 세계의 절
반을 훨훨 날아다니도록 되어 있는 새를 조그만 새장 안에 가
두어 키운다. 새는 그 안에서 점점 죽음을 기다리며 이렇게 외
친다.

새장 속의 새는 기분이 좋지 않아.
새가 노래하는 것은 기뻐서가 아니라 분노해서야.

지상의 재화는 고독 속에서만 찾을 수 있다

인간은 원래 자기 자신과만 완전히 융화할 수 있다. 친구와도 애인과도 완전히 융화할 수는 없다. 개성이나 기질이 다르므로 사소한 것에서도 불협화음을 초래한다. 따라서 진정으로 심원한 평화와 내면의 평온, 즉 이 지상의 재화는 고독 속에서만 찾을 수 있다. 내면세계가 크고 풍요롭다면 이 가련한 세상에서 얻을 수 있는 가장 행복한 상태를 누릴 수 있는 것이다. 우정, 사랑, 결혼으로 아무리 친밀한 관계를 맺는다 하더라도 인간은 누구나 자기 자신 또는 자식에게만 완전히 정직할 수 있다. 고독과 적막 속에 사는 사람은 모든 재앙을 느끼지는 못한다 해도 한눈에 조망할 수는 있다. 반면 사회는 음험하다. 겉으로는 만남과 대화, 즐거움 등의 모습을 띠고 있지만 그 뒤에는 때로 치유할 길 없는 큰 재앙을 숨기고 있다. 하지만 고독은 평화와 평온의 원천이기 때문에 젊을 때부터 고독을 즐기는 습관을 갖는 것이 좋다.

불행해지지 않는 가장 확실한 방법

행복과 쾌락은 멀리서는 보이지만 가까이 다가가면 사라지는 신기루에 불과하다. 반면 고통과 고뇌는 현실 속에서 직접 드러나므로 착각하거나 기대할 필요가 없다. 이러한 깨달음이 결실을 맺으면 행복과 쾌락을 좇으려 하지 않고 오히려 고통과 고뇌가 다가오는 걸 막으려고 할 것이다. 그러면 우리는 세상이 제공하는 최선의 것은 고통이 없는 조용하고 견딜 만한 생활이라는 것을 알게 된다. 그러한 삶을 확실하게 실현하기 위해서는 우리의 요구를 한정시켜야 한다. 즉 너무 불행해지지 않으려면 너무 행복해지려는 요구를 하지 않아야 한다는 것이다. 그것만이 가장 확실한 방법이기 때문이다.

타인은 나를 비춰 주는 거울이다

인간은 자신의 몸무게를 지탱하고 있으면서도 타인의 몸을 움직일 때와 달리 그 무게를 느끼지 못한다. 이처럼 인간은 자신의 결점은 깨닫지 못하고 타인의 결점만 알아챘다. 하지만 누구에게나 자신이 지니고 있는 온갖 종류의 결점과 악습, 역겨운 모습을 그대로 비춰주는 타인이라는 거울이 있다. 그런데도 인간은 거울에 비친 자기 모습이 자신이라는 걸 알지 못하고 어떤 개라고 생각해 개처럼 짖으며 행동한다. 타인의 흠을 잡는 사람은 자신의 개선을 위해 애쓸 것이다. 타인의 태도와 행동거지에 대해 자기 혼자 내심 면밀하고 날카로운 비판을 가하는 성향이 있는 사람은 결국 자신의 개선과 완성을 위해서도 힘쓰는 셈이다. 왜냐하면 그들은 걸핏하면 남들을 엄격히 책잡고 하던 행위를 스스로 피할 수 있을 정도의 자존심이나 허영심도 가지고 있을 것이기 때문이다.

타인을 너무 관대하게 대해서도 안된다

타인을 너무 관대하고 친밀하게 대해서는 안된다. 돈을 빌려 달라는 부탁을 거절한다고 해서 친구를 잃어버리지는 않지만, 돈을 빌려 주면 금방 친구를 잃어버리게 된다. 또 거만하고 소홀히 하는 태도를 취한다고 해서 쉽게 친구를 잃어버리지는 않는다. 오히려 너무 친절하고 허물없이 대하면 상대가 오만해져 참을 수 없는 태도를 취하는 경우가 종종 생긴다. 사람들은 자신이 상대에게 꼭 필요한 존재라는 생각을 곧잘 한다. 그럼으로써 오만해지고 주제넘는 행동을 하게 된다. 상대가 어떻게든 자신을 감수할 수밖에 없을 거라고 생각해 예의의 선을 넘어서는 것이다. 진정으로 친밀한 교제를 할 수 있는 사람은 매우 드물다. 그러므로 저급한 본성을 드러내 자신을 천박하게 만들지 않도록 조심해야 한다.

존경받을 것인가, 사랑받을 것인가

'누군가를 존경하는 동시에 매우 사랑하기는 어렵다.'고 한 라로슈푸코의 말은 적절한 지적이다. 우리는 다른 사람의 사랑과 존경 중에서 하나를 선택해야 할 것이다. 사랑에는 극히 다양한 방식이 있긴 하지만, 그래도 사랑은 언제나 이기적이다. 게다가 우리가 사랑을 얻는 방법이 언제나 떳떳한 것은 아니다. 아무튼 다른 사람의 정신과 마음에 많은 요구를 하지 않을수록 사랑받을 것이다. 거짓되지 않은 진지한 마음으로 해야지, 경멸을 품고 있는 관대한 마음으로 해서는 안된다.

사람은 자신에게만 흥미를 느낀다

대부분의 인간은 극히 주관적이므로 오로지 자신에게만 흥미를 느낄 뿐, 다른 것에는 거의 아무런 흥미도 느끼지 못한다. 그래서 남이 무슨 말을 하면 즉시 자신부터 생각한다. 게다가 자신의 일과 조금이라도 관계가 있다 싶으면 정신을 완전히 빼앗겨 이야기의 주제를 잊어버릴 정도가 된다. 사람들은 타인의 이야기가 참되거나 적절한 것인지, 또는 아름답거나 재미있는 것인지에 대해서는 아무런 생각도 감정도 없다. 하지만 아무리 조금이라도 자신들의 보잘것없는 허영심에 상처를 주는 말이나 불리한 작용을 하는 말에 대해서는 그지없이 민감한 반응을 보인다.

허영은 자신의 생각보다
타인의 견해를 중요시한다

사람들은 대부분 자신에 대한 타인의 견해를 중요하게 생각해, 자신의 의식보다 타인의 생각에 더 초점을 맞추는 경향이 있다. 따라서 타인의 견해를 자신에 대한 현실적인 부분으로 보고, 자신이 직접 의식하는 것을 오히려 관념적인 부분으로 보는 것이다. 다시 말해 파생된 것이나 부차적인 것을 더 중요하게 여겨 본질 자체보다 타인의 머릿속에 있는 것에 더 큰 관심을 쏟는 식이다. 이처럼 직접 존재하지도 않는 것을 마치 그런 것으로 평가하는 어리석음을 허영심이라고 부른다. 그런 노력은 무의미할 뿐 아니라 실속도 없기 때문이다. 허영은 탐욕과 마찬가지로 수단 때문에 목적을 망각하는 것이다.

자존심과 허세의 밑바닥에 있는 것

사람들은 어떤 행동을 하든지 무엇보다 다른 사람들의 견해에 신경을 쓴다. 가만 생각해 보면, 여태까지 염려하고 불안했던 것의 거의 절반은 남이 나를 어떻게 생각할까를 염두에 두었기 때문이라고 볼 수 있다. 걸핏하면 상처받고, 병적으로 민감한 모든 자존심의 밑바닥에는, 또 뽐내고 뻐기는 태도와 모든 허세의 밑바닥에도 그러한 우려가 자리하고 있다.

내면에 지닌 것이 많을수록
외부에서 필요한 것이 적다

재기 있는 인간은 무엇보다 고통이 없는 상태, 괴롭힘을 당하지 않는 상태, 안정과 여유로운 상태를 얻으려고 애쓸 것이다. 즉 조용하고 검소한 생활, 논란을 일으키지 않는 상황을 추구할 것이다. 따라서 사람들과 약간의 친교를 맺은 후에는 은둔 생활을 추구할 것이다. 뛰어난 정신력을 지닌 사람은 심지어 고독을 선택할 것이다. 원래 내면에 지니고 있는 것이 많을수록 외부에서 필요한 것이 적고, 다른 사람이 덜 필요하기 때문이다.

진정한 자긍심은 상처받지 않는다

자긍심은 원한다고 가질 수 있는 것이 아니다. 단지 자긍심이 있는 체할 뿐이며, 억지로 떠맡은 역할처럼 제 분수에 맞지 않는다. 자신이 압도적인 장점과 특별한 가치를 지녔다는, 확고하고 흔들림 없는 내적 확신만이 실제로 자긍심을 품게 해준다. 그런데 그 확신은 잘못된 것일 수도 있는데, 단순히 외적이고 인습적인 장점에 근거한 것인지도 모르기 때문이다. 그렇지 않고 실제로 진심으로 품고 있는 자긍심이라면 어떠한 경우에도 상처를 받지 않는다. 자긍심은 확신에 뿌리를 두고 있으므로 다른 인식과 마찬가지로 마음대로 되는 것이 아니다. 반면 허영심은 다른 사람의 갈채를 받으려고 애쓰는 것이다. 남의 갈채를 바라는 이유는 그것으로 자기 자신을 높이 평가하려고 하기 때문이다. 반대로 자긍심은 이미 자기 자신을 아주 확고하게 높이 평가하는 것이다.

타인의 견해에 상관하지 말라

타인의 의식 속에서 무슨 일이 일어나든 상관하지 말라. 사람들의 생각이 얼마나 피상적이고 얕은지, 신념이 얼마나 가볍고 천박한지, 견해가 얼마나 비뚤어지고 왜곡되었는지, 그 모든 걸 제대로 안다면 타인의 견해를 점차 아무렇지 않게 여길 것이다. 또한 그런 사람들의 말이 귀에 들어오지 않고 하찮게 들리는 것을 경험하게 된다면 타인의 견해를 정말로 아무렇지 않게 여길 것이다.

붉은 두건에 방울을 단 어릿광대

인생을 총결산하는 죽음을 앞두고 어떤 사람은 많은 재물을 축적했겠지만 후손이 그것을 늘릴지 탕진할지는 아무도 모르는 일이다. 그런 사람이 아무리 자신만만하게 으스대는 표정을 짓는다 해도, 그렇게 살아온 인생은 붉은 두건에 방울을 단 어릿광대의 인생처럼 어리석기 짝이 없다.

타인의 눈에 비치는 것의 본질

자신의 내부에 비치는 것의 가치를 단순히 타인의 눈에 비치는 것과 비교해서 올바르게 평가하면 행복에 큰 도움이 될 것이다. 전자에 속하는 것은 우리 자신의 생존 기간에 포함되는 모든 내용, 우리 존재의 내적인 내용, 즉 '인간을 이루는 것'과 '인간이 지니는 것'의 모든 자산이다. 이 모든 일이 벌어지는 장소는 바로 자신의 의식이기 때문이다. 반면에 타인에게 비치는 장소는 자신이 아닌 타인의 의식이다.

세 종류의 귀족

세상에는 세 종류의 귀족이 있다. 출생과 지위에 의한 귀족, 돈에 의한 귀족, 정신적 귀족. 이들 중에서 세 번째가 가장 고상한 귀족인데, 시간적 여유만 있다면 그런 것으로도 인정받는다. 일찍이 프리드리히 대왕이 말하기를 '뛰어난 정신의 소유자는 군주와 같은 등급이다.'라고 했다. 이것은 궁내대신에게 한 말이었다. 대신이나 장군은 궁내대신의 식탁에서 식사를 하는 반면, 볼테르는 군주나 왕자들이 앉는 자리에 앉도록 하자 궁내대신이 이를 못마땅해 했기 때문이다.

행복을 놓쳤다고 한탄할 것인가

🌿 우리의 삶은 현미경으로 봐야 할 정도로 극히 작은 점에 불과한데, 우리는 그 점을 시간과 공간이라는 두 개의 강력한 렌즈로 확대해 엄청나게 큰 것으로 보고 있다. 시간은 그 지속성으로 인하여 사물과 인간의 극히 미미한 존재가 실재한다는 허상을 주기 위한 우리의 머릿속에 든 하나의 장치다. 우리가 지난날에 이런저런 행복이나 향락을 즐길 기회를 놓쳐 버렸다고 애석해 하거나 한탄하는 것은 얼마나 어리석은 짓인가! 그것을 가졌다고 한들 지금 무엇이 남아 있겠는가! 말라 버린 미라만 기억 속에 남아 있을 것이다. 따라서 시간이란 바로 지상의 모든 쾌락의 허망함을 우리에게 가르치려는 수단이다.

독자적 사고로 얻는 것은 사라지지 않는다

이따금 우리는 자신의 독자적 사고와 여러 측면을 종합해서 마침내 알아낸 진리나 통찰이 어떤 책에 그대로 쓰여 있는 것을 발견할 때도 있다. 하지만 독자적 사고를 해서 알아낸 것은 책에서 그냥 얻은 것보다 100배는 더 가치가 있다. 왜냐하면 그렇게 얻은 진리는 언제나 생명력을 가지고 우리 사고의 전체 체계에 들어와 확고한 관련을 맺게 되며, 그 근거와 결론이 모두 이해됨으로써 전체 사고방식의 색조와 특징을 띠기 때문이다. 또한 그 진리는 꼭 필요할 때 정확히 나타나 확고한 위치를 차지하며 두 번 다시 사라지지 않는다.

노년엔 상록수처럼 잎사귀를 낼 기회가 온다

명성과 젊음을 한꺼번에 갖는 것은 죽을 운명인 인간에게 너무나 과분하다. 인간의 삶은 너무 빈곤하므로 평생의 재화를 적절하게 배분해야 한다. 젊은이에겐 젊음이라는 부가 있으니 그것으로 충분하다. 하지만 겨울나무처럼 온갖 기쁨과 쾌락이 소멸해 버리는 노년에는 비로소 명성의 나무가 상록수처럼 잎사귀를 낼 절호의 시기가 온다. 그 명성은 여름에 자라지만 겨울에 먹을 수 있는 늦배에 비유할 수 있다. 그리고 결코 늙지 않는 어떤 결실을 위해 청춘의 힘을 온통 쏟아 부었다는 그 사실보다 노년에 더 멋진 위안이 되는 것은 없다.

자신이 원래 지니고 있는 것, 그것이야말로
진정한 행복의 원천이자 유일하게 영속적인 원천이다.